AF107753

www.ingramcontent.com/pod-product-compliance
Lightning Source LLC
LaVergne TN
LVHW010614070526
838199LV00063BA/5156

9789358726916

بند کھڑکیاں

(افسانے)

مرتبہ:

ادارۂ ادبیاتِ اردو

© Idara-e-Adabiyat-e-Urdu

Band Khidkiyaan *(Afsane)*

Edited by: Idara-e-Adabiyat-e-Urdu
Edition: October '2023
Publisher:
Taemeer Publications LLC (Michigan, USA / Hyderabad, India)

ISBN 978-93-5872-691-6

مرتب کی پیشگی اجازت کے بغیر اس کتاب کا کوئی بھی حصہ کسی بھی شکل میں بشمول ویب سائٹ پر اَپ لوڈنگ کے لیے استعمال نہ کیا جائے۔ نیز اس کتاب پر کسی بھی قسم کے تنازع کو نمٹانے کا اختیار صرف حیدرآباد (تلنگانہ) کی عدلیہ کو ہو گا۔

© ادارۂ ادبیاتِ اردو

کتاب	:	**بند کھڑکیاں**
مرتب	:	**ادارۂ ادبیاتِ اردو**
صنف	:	فکشن
ناشر	:	تعمیر پبلی کیشنز (حیدرآباد، انڈیا)
سالِ اشاعت	:	۲۰۲۳ء
صفحات	:	۶۴
سرورق ڈیزائن	:	تعمیر ویب ڈیزائن

فہرست

(۱)	بند کھڑکیاں	نازیہ پروین	7
(۲)	شیکسپئر نے کیا خوب کہا تھا	استوتی اگروال	10
(۳)	بون سائی	محمد یحییٰ جمیل	11
(۴)	گمشدہ پیلی تتلی	احسن ایوبی	15
(۵)	مجھے کیا برا تھا مرنا	رینو بہل	24
(۶)	گتھی	اسد اللہ شریف	34
(۷)	زندہ در گور	نور الحسنین	38
(۸)	وہ قربتیں یہ دوریاں	مشتاق احمد وانی	43
(۹)	خوفِ ارواح	علیم اسماعیل	48
(۱۰)	عجیب رات	فیاض احمد ڈار	51
(۱۱)	لپ لاک	محمد قمر سلیم	53
(۱۲)	سراب اور منزل	مزمل شیلی	56

تعارف

ادارۂ ادبیات اردو کا قیام سابق ریاست حیدرآباد دکن میں ۱۹۲۰ء میں ہوا تھا۔ یہ ادارہ شہر حیدرآباد کے علاوہ ریاست دکن کے دیگر اضلاع میں اردو زبان و ادب کے فروغ کا کام کرتا تھا اور ریاست دکن کے اضلاع میں بھی اس کی شاخیں قائم تھیں۔ یہ ایک طرح کی ادبی تحریک تھی جس کے روح رواں اور بانی مشہور محقق **ڈاکٹر محی الدین قادری زور** تھے۔

اردو زبان و ادب کی توسیع اور حفاظت، اردو کو مختلف علوم و فنون سے روشناس کرانا، سرزمین دکن میں اردو زبان و ادب کا صحیح ذوق پیدا کرنا، تاریخ دکن کی خدمت اور ملک کے تاریخی اور ادبی آثار کی حفاظت اور تصنیف و تالیف میں رہبری اور مدد جیسے عوامل اس ادارہ کے مقاصد میں شامل تھے، جو برسہا برس سے بحسن خوبی انجام پا رہے ہیں۔ ادارۂ ادبیات اردو آج کے دور میں بھی اپنی مطبوعات اور رسائل کے لیے شہرت رکھتا ہے۔ رسالہ "سب رس" اسی ادارے کی دین ہے۔ رسالہ "سب رس" کے ۲۰۱۹ء اور ۲۰۲۱ء کے چند شماروں سے اخذ کردہ افسانوں کا ایک انتخاب اِس کتاب کے ذریعے پیش خدمت ہے۔

نازیہ پروین

افسانہ

بند کھڑکیاں

گھبراہٹ اور بے چینی کی آندھی اور منہ زور طوفان کے تھپیڑوں سے برا حال تھا. وہ اسی الجھن کے سمندر میں غوطہ زن پہروں بیٹھا رہتا اور کبھی کھڑا ہو جاتا. پورے احاطے کے بیسیوں چکر لگا لیے تھے مگر وقت کی جونک اس کی پتلیوں میں ایسی چمٹی کہ اس کی پیاس بجھنے کا نام نہی لے رہی تھی وہ ساقط و جامد تھیں. ساعتیں رک رک کر بکھر رہی تھیں اور نبض ڈوب ابھر رہی تھی. ہلکی ہلکی سسکیوں کی گھٹی گھٹی آواز اور تکلیف نے عارض کی لالی کو ہلدی کے پردے میں چھپا دیا تھا. اس سے زیادہ سہارنا اس کے بس کی بات نہ تھی باغی دل کی بھاگہٹ میں وہ گھر سے باہر چلا آیا. وہ کس سمت چلا جا رہا تھا یا دوڑ رہا ہے اسے کچھ خبر نہ تھی. دیکھنے والے حیران و پریشان تھے کہ اس گبھرو جوان کو آج کیا ہوا جس کو ہمیشہ نگاہ نیچی کئے سبک روی سے چلتے دیکھا جس کے ہونٹوں پر دھیمی نرماہٹ سی مسکان نرم نرم پھولوں سی تازگی اور نروان کے ہلوروں بھری شربتی بلور آنکھیں دیکھنے والے دیکھتے رہ جاتے مگر وہ اجلے ستارے جن کی آب و تاب نے ہمیشہ زندہ جاوداں مہتاب وگل لالہ کی سی راج دانی پیش کی تھیں آج ان کے علم سرنگوں تھے. بھورے شہد رنگے بال بھی آج سلجھاو کی الجھنوں سے آزاد تھے. وہ چلتے چلتے تھک سا گیا اور ڈوبتے سورج کی نارنجی کرنوں کی آغوش میں آنکھیں موندے شہتوت کی میٹھی رسیلی چھاوں میں بیٹھ کر بہتے ٹھنڈے ٹھار صاف شفاف پانی سے شکوہ کناں تھا. کہ وقت کی سلطنت اور شہنشاہت نے کب اسے پیار کے جوگی سے دیوتا اور پتھر کی مورت بنا دیا اور انا نیت کا شملا سجایا کہ رعونت کی سپہ سالاری کرتے کرتے وہ محبت کے سومنات کا غزنوی بن گیا. کیا وہ نیزوں پر خواہشات کی انکھوں کے دیپ پروتا رہا. کیا وہ معصوم تتلیوں کے پروں سے مینار کھڑے کرنے والا سوداگر ہے. اس کا جی چاہ رہا تھا کہ وہ چنگیزی وصیت کرے. اس کا نام ونسب عبرت ناک اور انجام کار بنے. مگر بند ہوتے بھاری پپوٹے کے پیچھے تلخ یادوں کے نخلستان بسے تھے

یاد ماضی عذاب ہے یا رب
چھین لے مجھ سے حافظہ میرا

کئی بے گناہوں کی معصومیت اور جوانی کی جھیل جیسی دہلیز جسے انا کے ڈھول کے تھاپ پر نچایا تھا. پوری طرح قصوروار نہ ہوتے ہوئے بھی یہ قصور اس سے سرزد ہوا تھا. وہ تو لاکھنڈرا اور جوشیلا نوجوان تھا. بی اے کے آخری سال میں ہی تھا کہ گھر والے شادی کے بندھن میں باندھنے کی تیاری کرنے لگے. مگر وہ یہاں بھی کمزور اور بزدل نکلا. اسے دو چوٹیوں میں بندھے گہرے کالے بال اور جھیل سی گہری، شرارتی اور ہر وقت انکھوں میں بسے محبت کے جہان بے کراں... میٹھی نگاہوں اور پر تبسم نیم وا ہونٹوں سے وہ ہر وقت وصل کے پیمانے لبریز رکھتے تھے پل بھر میں یاسیت اور حزن کے جزدان میں مقدسہ زیارت کی طرح لپیٹ دیا اور خود صدیوں کا انجان اور لاتعلق بن گیا. وہ باپ کی چودھراہٹ کے سامنے اونچی سانس بھی نہ لے سکا. وہ کسی کی سسکیوں کے بہتے دجلہ میں خوشیوں کے بیڑے تیار کرنے لگا. شیخر دوپہر میں مردوں کے باغ میں پوری پنچایت اکٹھی تھی اور اس کا ہونے والا سالا ایک رقعہ لیے پنچایت میں موجود تھا. جو اس کے نام سے لکھا گیا تھا کہ وہ اس شادی سے خوش نہیں ہے لہذا وہ اس شادی سے انکار کر رہا ہے .باپ کی بندوق اور شملے کے سامنے پسپائی اختیار کرتے ہوئے یہ

اعتراف کرنے پر مجبور تھا کہ وہ رقعے سے لاعلم ہے اور لکھی گ ء تحریر اس کی نہی ہے، ثبوت کے طور پر خاموشی سے اپنی کاپی لا سامنے رکھ دی کہ تحریر کی پہچان کر لی جائے. یہ جانتے ہوئے کہ محبت کی بغاوت نے کس کو یہ رقعہ لکھنے پر مجبور کیا اور اب انجام کیا ہوگا. لڑکی ہوتے ہوئے اس کی جرات نے اس کے خاندان کی بے عزتی کی خندق تیار کر دی اور وہ باعزت سینہ سپر ہوئے سہاگ رات میں کسی کی مانگ بھرتے اور باہوں کی پناہ میں خود سپردگی میں تھا. تو محبت نے ہمیشہ کے لیے سفید کفن پہن کر زمین کی یخ بستہ پناہوں میں جا گزیں اختیار کی. تاج ملوک پہنے پہنے اسے پتہ ہی نہیں چلا کہ کب وہ ننھی پری اس کے آنگن میں اتری. اس نے خوشی سے پھولے پھولے گالوں پر گرم بوسہ دیا. اور آنسو لیے بھراء ہوء آواز میں سعید سے کہا کہ دیکھ اس کے ہاتھ اور پاؤں کتنے لمبے اور گول مٹول گوتھنے سے ہیں. ابھی وہ پوری طرح خوش بھی نہی ہو پایا تھا کہ کسی کی گہری سرگوشی نے اسے چونکنے پر مجبور کر دیا کہ یہ تو بنی بنائی ماہ جبیں ہے. اس کی ماں دو ہتھڑ سینے پر مار کر رہ گئی کہ حق باھا اس چڑیل کا سایہ ہمیشہ ہمیشہ کیلیئے میرے آنگن میں اتر آیا. میں جو بہت خوش تھا اپنے آپ میں شرمندہ نظر آنے لگا. ابھی وہ ننھی پری سال کی بھی نہی ہوء تھی کہ گھر بھر میں ہرن کی طرح ننھی ننھی قانچیں بھر نے لگی. تیزی سے بھاگ ہٹ میں وہ گر پڑتی. وہ ماں کی بجائے میرے پیچھے پیچھے رہی میرے بستر پر لیٹنے کی ضد کرتی اور میرے سینے پر سر انکھیں موندھ لیتی. میرے ساتھ ساتھ میری انگلی تھامے پھرتی. میرے گھر میں جہاں لڑکوں کو اہمیت دی جاتی تھی وہاں ایک لڑکی کو اہمیت دینا گھر کے باقی مردوں کو ناگوار گزرتا. پھر چند سالوں وہ ننھی [illegible] دوسرے بچوں کی پٹائی کر دیتی. میرے آنگن میں یک دیگرے چھے بیٹیوں کی پیدائش مجھے ماہ جبیں کی سفید کفن میں لپٹی بولتی ہوء لاش

کی بد دعا لگنے لگی. وہ ساری کی ساری ایک سے بڑھ کر ایک حسین مورتیں اور مہتاب کی ڈھلی ہوء چاندنی کی سی تھیں اور صندل کی طرح مہکتی ہوئی. میں نے اچھے سے اچھے ناموں کے تاج پہنائے ان کی چھوٹی چھوٹی خواہشات کو پورا کرتا. جب ان کو میلہ دکھانے لے کر جاتا تو لوگ حیران ہوتے کہ یہ تو لڑکے دیکھتے ہیں تم لڑکیوں کو لیے پھرتے ہو. سب ٹھیک تھا. پتہ نہیں کیسے بزدلی اور خوف کے آسیب نے مجھے ڈس لیا اور بیٹیوں کی معصوم کھکھلاہٹیں میرے اعصاب پر ہتھوڑے کی مانند لگتی. میرے دل کے چور دروازے سے ماہ جبیں نے نکل کر میرے لاشعور پر اپنا قبضہ جما کر مجھے زیر بار کر لیا اور اب گن گن کر مجھ سے بدلے لینے لگی. اس کی جو مسکراہٹ مجھے پسند تھی. وہی مسکراہٹ ان معصوموں کے لیے وبال جان بن گ ء. اور میں اپنے اعصاب پر کنٹرول کھونے لگا. میں ان ماں بیٹیوں پر غصے میں خوب گرجتا. چھوٹی چھوٹی بات پر جھگڑا کرنے لگا. انھیں بوجھ سمجھتا اور اس بوجھ سے میرا سینہ دبنے لگا. میرا غصے کا پارہ میرے کنڑول میں نہ رہتا جب وہ ہم عمر کزنز لڑکوں سے بات چیت کرتی نظر آتی. میرا دل چاہتا کہ میں کسی طرح ان کا گلہ دبا دوں. بیوی پر چیختا چلاتا اور اس کے پاس سوائے آنسوؤں کے کچھ نہ تھا. مجھے بیٹے کا نہ ہونا شدت سے محسوس ہوتا. آہستہ آہستہ انھوں نے میرے سامنے آنا چھوڑ دیا. گھر کے باقی مرد میرے طرز عمل پر میری حوصلہ افزائی کرتے. تیس چالیس افراد کے بھرے پرے خاندان میں مجھے گھر کا معتبر بنا دیا گیا. اور میں خود کو اعلیٰ وارفع اور مختار کل سمجھنے لگا. مجھے بیٹیوں کی پڑھاء سے کوئی دلچسپی نہیں تھی. وہ کیا کرتی ہیں مجھے کچھ علم نہ تھا. میں تو برسوں پہلے لکھے گئے رقعے کے آسیب میں تھا. اور میں [illegible] قلع قمع کرنا مجھ پر فرض ہے. میری سختی اور پابندی نے مجھے فرعون بنا دیا اور میں" میں " کے چکر میں الجھے الجھے عمر بتا دی. مجھے تو باب

رحمت بنایا تھا. میں باپ زحمت کیسے بنا. میرے زمے شفقت تھی اور میں انگاروں میں الجھا رہا. رہ داریاں ہی راہ داریاں ہے تا حد نگاہ اندھیرا ہے. میرے سینے پر بوجھ بڑھتا جارہا ہے مجھے ڈوبتے سورج کی کرنوں کو تھامنا ہے. مجھے دس سالہ ننھی ماہ جبیں کو سینے سے لگانا ہے جو کہہ رہی کہ بابا دیکھو تیری گرم آغوش میں میں محفوظ تھی تیرے سینے پر سر رکھ کر سوتی تھی تو میں محفوظ تھی تیرے گرم بوسے کی مجھے ضرورت تا کہ میرے دل حسرت مٹ سے دیکھو بابا مجھے سالوں میں سینا بھی میسر مگر وہ مہک پدری نہی گرم بوسہ بھی ملا مگر دہکتی پیشانی پر ٹھنڈک سے عاری ہیں ان بوسوں میں تو شہوت کی ہوس بھری ہے لوٹ کھسوٹ کی خونگیی.. ایک اور کھڑکی چلی آء ہے جس کے پیچھے میری معصوم بچیوں کا بچپن دفن ہے جب میں ان کے ہونٹوں سے ہنسی چھین کر آنسوؤں بھر دیئے تھے ان کے وہ آنسو میرے گالوں پر جلتے انگارے بن گئے ہیں. دوسری کھڑکی کے پیچھے وہ شک بھری نگاہ کے تیر ہیں جو سارے کے سارے مہلک زہر سے بجھے ہوئے ہیں وہ پہلی شک بھری نگاہ میری کی تھی جو میں نے اپنی بیٹیوں کی اٹھتی مدہوش جوانی پر ڈالی تھی اور ان نگاہوں کے ترکش سارے کے سارے ان بے گناہوں پر خالی کر دیئے تھے. جب میں گھر میں بڑی شان سے داخل ہوتا تو مجھے ان کے سہمے ہوئے چہرے بڑا لطف دیتے. پھر میرے شک کا زہر گھر والوں اور محلے والوں کی نظروں میں شامل ہوگیا. بولی دار اور ٹھیکدار بھی میں ہی تھا. رقعے کے رقص ء ا خوف میں ان نرم زمینوں کو بے رحم ہل داروں کے سپرد کر دیا. جو میرے ہی تیار کردہ بولد تھے. انھوں نے کیسے ان زمینوں کو روندا. کیسے اپنی مرضی کے بیج بوئے اور سیرابی کا خیال رکھا یا خزاں کے موسم چھائے رہے میرے آنگن کی بیلوں کی نمود سے بے پرواہ رہا. ایک اور بند کھڑکی کے پیچھے میری شریک حیات کی جوانی بال بکھیرے نوحہ کناں ہے کہ میں نے اس کی مانگ اور انکھوں میں خوشیوں کا جہاں بسانے کی بجائے اداسیاں کرلاتی رہیں اور لمحہ لمحہ شب وصل شب ہجراں میں بدلتی رہیں. سالوں جس نے میرے وجود کے انگاروں پر مرہم کے پھبے رکھے. مجھے میرے کرموں کی عدالت میں ابھی جانا ہے. روز بہ روز یہ کھڑکیاں بھری جا رہی ہیں میری ڈگریوں پر مہر قل سبط کردء گ ء ہے میری دلیلیں مقفی و مسجع ہو کر رہ گئی ہیں. ابھی تو مجھے سرگوشیوں کا جواب دینا ہے اور اٹھنے والی انگلی کہ لڑکی علم کرنے کے بہانے بر ڈھونڈتی ہے اکھ مٹکا سیکھتی ہے... نہی... اسے علم کی چادر کی تقدیس اوڑھنی ہے . میرے عمر ء اسپ کی رکاب ٹوٹ چکی. میرے ہاتھ معصوم ماہ جبینوں کی خواہشات سے رنگے ہوئے ہیں. میں ایسی رہ گزر پر بیٹھا ہوں سے دور سے گزرتے ہوئے رحیل کارواں کی گھنٹیوں کی آواز دور سیدور ہوتی جا رہی ہے ریگ زار کا لق دق صحرا پھیل رہے. میرے ارد گرد خواب ریزہ ریزہ ہو کر بکھر گئے ہیں. دور افق کے پار سورج ڈوبنے کو ہے. میرے ہاتھ شل اور زخم پا ہیں. میری رعونت. انانیت اور غرور چشم پوشی ہیں اور دور دور تک صرف بند کھڑکیاں۔

000

استوتی اگروال

کہانی

شیکسپیر نے کیا خوب کہا تھا......................

میں اپنی سہیلی کے ساتھ کلاس روم میں بیٹھی ہوئی تھی ۔ٹیچر بلیک بورڈ پر شیکسپیر کے بارے میں کچھ بتا رہیں تھیں ۔ جیسے ہی انہوں نے شیکسپیر کا نام لیا میں شیکسپیر اور اس کی تخلیقات کے بارے میں سوچنے لگی اور مجھ پر جیسے سکتا سا طاری ہوگیا۔ مجھے شیکسپیر کی ایک لائن بار بار یاد آ رہی تھی.......................

"LIFE IS A

TALE,TOLD BY AN IDIOT"

اور میں سوچ کی گہرائیوں میں اتنی گم تھی کہ مجھے نہ تو آس پاس بیٹھے ہوئے میرے کلاس فیلو نظر آ رہے تھے اور نہ مجھے ٹیچر کی کوئی بات سمجھ میں آئی تھی ،اس لئے کہ میں نے کچھ سنا ہی نہ تھا میں تو شیکسپیر کی دنیا میں گم تھی ، کہ اچانک ٹیچر کی نظر مجھ پر پڑی اور مجھے ڈانٹتے ہوئے ٹیچر نے کہا،'' استوتی............'' میں تمہیں کئی بار دیکھ چکی ہوں ،تم نہ کوئی لیکچر دلچسپی سے سنتی ہو نہ ہی لکھ رہی ہو، اب تو حد ہوگئی ہے ۔اسی وقت کلاس سے نکل جاؤ، کل تمہارے ماں باپ کو ساتھ لیکر آنا ان سے شکایت کروں گی ،تمہارا ریزلٹ خراب ہوکر ہی رہیگا''۔

میں بہت پشیمان تھی اور ٹیچر سے معافی مانگ رہی تھی ۔انہیں یقین دلانے کی کوشش کر رہی تھی کہ میرا ریزلٹ خراب نہیں ہوگا۔ میں محنت سے نہیں گھبراتی ، میں آپ کو دکھا دوں گی ،لیکن ٹیچر نہیں مانیں اور میری ایک نہ سنی اور مجھے کلاس سے باہر کر دیا۔

ابھی اسکول لگنا شروع ہوئے تھے ،جولائی کا مہینہ تھا۔ مارچ میں امتحان ہوتے ہیں ۔ میں نے فیصلہ کرلیا کہ میں اچھی پوزیشن سے پاس ہوکر رہوں گی ،نہ صرف پاس ہوکر رہوں گی بلکہ دنیا میں نام کروں گی ۔ یوں تو میں کہانیاں اور مضامین بچپن سے ہی لکھتی رہی ہوں اور وہ کہانیاں اور نظمیں مختلف رسائل میں چھپتی بھی رہی ہیں ،لیکن یہ سچ ہے کہ کبھی میرا کلاس میں دل نہیں لگتا۔ٹیچر پڑھاتی رہتی ہیں اور میں اپنی کہانیوں میں گم رہتی ہوں ،لیکن اس بار ٹیچر نے میری بڑی بے عزتی کے دی تھی ۔اب میری عزت اور وقار کا سوال پیدا ہوگیا تھا۔ میں کورس کی کتابیں بھی دل لگا کر پڑھتی رہی اور ادھر میری کہانیاں اور نظمیں بھی شائع ہوتی رہیں اور میرا نام اسکول میں ہی نہیں ،شہر میں ہی نہیں پورے ہندوستان میں مشہور ہو چکا تھا اور میری سہلیاں اور ٹیچر اچھی طرح واقف ہوگئے تھے کہ میں ایک رائٹر ہوں ۔جس کلاس ٹیچر نے مجھے کلاس سے باہر کر دیا تھا وہ بھی مجھ سے نظریں نہیں ملا پا رہیں تھیں اور جب میرا ریزلٹ آیا تو میں اپنے اسکول میں ہی نہیں پورے پردیش میں ٹاپ پر آئی تھی اور آج جب سب سے ٹاپ پر آنے پر مجھ منتری کے ہاتھوں جب انعام دیا گیا تو میری اسی ٹیچر نے مجھے مبارکباد دیتے ہوئے کہا،'' واقعی استوتی تم نے تو کمال کر دیا اور ثابت کر دیا کہ تم ایک ہونہار طالبہ ہی نہیں بلکہ ایک اچھی رائٹر بھی ہو ....اور میں خوشیوں سے سرشار اپنے ماں باپ اور ٹیچر کے چرن چھوتے ہوئے شیکسپیر کی لائن میں کھوگئی..........................

000

افسانہ

محمد یحییٰ جمیل

بون۔سائی

مجھے باغبانی سے زیادہ دلچسپی نہیں۔ پھر بون-سائی درختوں کے بارے میں کیا جانتا۔کل پرکاش سے معلوم ہوا کہ بون-سائی، چینی لفظ 'پین زائی' کا جاپانی تلفظ ہے۔'بون' یعنی ٹرے اور 'سائی' یعنی درخت۔

''پھر بون-سائی کہنا چاہیے، بون-سائی درخت نہیں؟''

''جس سے بات واضح ہوجائے وہ کہنا چاہیے۔'' اس نے مسکرا کر کہا۔ مجھے اس کی بات اچھی لگی۔ آخر زبان ہماری سہولت کے لیے ہے۔

پرکاش سے چندروز قبل ہی میری دوستی ہوئی ہے۔اس نے پڑوس کا بنگلہ کرایہ پر لیا ہے۔اس بنگلے میں آنے والے ہر کرایہ دار سے میں دوستی کر لیتا ہوں۔ یوں زندگی کی یکسانیت کم ہوجاتی ہے۔انصاری صاحب کے انتقال کے بعد ان کے بیٹے نے اس بنگلے کو کرایہ پر اٹھادیا۔اس کی بیوی کو امراوتی پسند نہیں اس لیے وہ ناگپور منتقل ہوگئے۔ وکیل ہے کہیں بھی پریکٹس کرسکتا ہے۔

پچھلی مرتبہ یہاں ایک پروفیسر آ گئی تھی۔عمر کوئی پچاس پچپن کے بیچ رہی ہوگی۔ ہمیشہ ہلکے رنگ کی ساڑی پہنتی اور انتہائی باوقار لگتی۔ صبح لان میں کتاب لے کر بیٹھی ہوتی۔اگر اسے باہر نکلنے میں تاخیر ہوجاتی تو میں اس کا انتظار کرتا۔ پڑھنے والے افراد مجھے ہمیشہ اچھے لگتے ہیں۔اس کے باوجود میں نے اپنی دوستی، دیدار تک محدود رکھی تھی۔شام میں بنگلے سے کلاسیکل موسیقی کی بھی آواز آتی۔ کس قدر اعلیٰ ذوق کی مالک تھی! وہ تنہا تھی۔اگر شادی کرلیتی تو اتنی خودمختار نہ ہوتی۔اور شاید اس کی زندگی میں وہ انبساط نہ پیدا ہوتا جو، اَب ہے۔اُس کے جاتے ہی پرکاش یہاں آ گیا، گویا نمبر لگائے بیٹھا تھا۔عمر کے لمبے فرق کے باوجود وہ بہت جلد بے تکلف ہوگیا۔ ورنہ آج کے نوجوان ریٹائرڈ آدمی سے زیادہ بات کہاں کرتے ہیں؟ پھر وہ بیٹے ہی کیوں نا ہوں۔خیر، پرکاش بہت اچھا لڑکا ہے۔ چندہی ماہ کے لیے آیا ہے۔اس کے گھر کا رِنوویشن مکمل ہوتے ہی وہ چلا جائے گا۔

''آج کیوں دیر کردی؟'' مہتاب نے تیوری چڑھا کر پوچھا۔

''ہاں، ذرا دیر ہوگئی، ساری۔'' اور کیا جواب دیتا۔ پہلے دیا کرتا تھا اور اکثر تو تو میں میں شروع ہوجاتی۔ پھر جواب دینا بند کردیا تو بھی بحث کی گنجائش نکل آتی۔گفتگو کا یہ طرز ذرا دیر سے آیا تھا۔

''کسی دوست کے گھر بیٹھ گئے ہوں گے، مجھے کیا بے وقوف سمجھتے ہیں.....'' وہ بڑبڑائی۔

''چائے بنادوں؟'' میں نے اس کی بات ان سنی کرتے ہوئے پوچھا۔

''کل شکر کم ہوگئی تھی۔تین چمچے ڈالنا۔''

مہتاب پیاری پھوپھی کی سب سے چھوٹی بیٹی تھی۔مجھ سے زیادہ، دونوں خاندانوں کے لیے یہ رشتہ اہم تھا، سو ہوگیا۔ مجھے بھی کیا اعتراض ہوسکتا تھا۔خاندان، خوبصورتی، دینداری سبھی کچھ تو تھا۔ بات شروع ہوئی اور میں گھوڑی چڑھا دیا گیا۔لڑکی ڈھونڈ رہے ہیں والا تھرل ہی نہیں ملا۔لیکن مہتاب کا ایسا مزاج ہوگا، ابا جی سوچ بھی نہیں سکتے تھے۔ پڑوسیوں نے پہلی بار ہمارے گھر سے اونچی آوازیں سنی تھیں۔نوبیاہتا سہیلیوں سے سنے گئے رنگین قصوں نے مجھے بدذوق اور خشک مزاج شوہر ثابت کیا تھا۔بھرے پرے گھر میں ناز و نیاز کی گنجائش بھی کم تھی۔ایک سال بعد مجھے دوسرے شہر

میں ملازمت مل گئی۔ نئے شہر میں شفٹ ہوتے ہوئے سوچا تھا سال دو سال بعد واپس آ جاؤں گا، لیکن وہ دن پھر کبھی نہیں آیا۔ میں یہیں ریٹائر ہوا۔

نئے شہر میں بھی چین کہاں تھا۔ کچھ دوست بہت نالائق مل گئے۔ ویک اینڈ پر دیر رات تک بیٹھک ہو جاتی۔ مہتاب کو یہ بات بالکل پسند نہیں تھی۔ ایک مرتبہ تو اس نے غصے میں اپنی نسیں کاٹنے کی کوشش تھی۔ پڑوس کی عورتوں سے میل جول کو، جانے کیوں وہ عار سمجھتی تھی۔ رفتہ رفتہ اس کی مرضی نے قانون کی شکل اختیار کر لی۔ امی، ابا جی صرف دو چار دن کے لیے آئیں۔ بھائیوں سے تہواروں پر ملاقات کروں۔ بہن سال میں ایک بار آئے اور دو دن سے زیادہ نہ ٹھہرے۔ سال میں صرف عیدین پر دعوت ہو۔ ویکیشن پر کوئی نہ آئے۔ دوست اگر آئیں تو طہارت خانہ ہرگز استعمال نہ کریں۔ ضروری کام سے جاؤں اور فوراً لوٹ آؤں۔ گھریلو کاموں میں بہر حال مدد کروں۔

''کمر میں بہت تکلیف ہے۔'' جب میں نے اسے چائے کی پیالی پکڑائی تو وہ دھیرے سے بولی۔

''ہوں۔''

''اگر آپ کو ایسی تکلیف ہوتی تو پل بھر برداشت نہیں کر سکتے تھے۔''

کاش کسی نے درد کی پیمائش کا آلہ ایجاد کر لیا ہوتا۔ مگر کیا تب بھی میں کچھ کر پاتا؟ عرق النسا کے درد نے میرا جینا وبال کر رکھا تھا لیکن خیر۔

''ہوں، کل ڈاکٹر کو دکھا دیں گے۔''

''آپ کا کل، جلدی نہیں آتا۔''

سالوں پہلے میں نے مہتاب کو واکنگ کا مشورہ دیا تھا۔ پھر مین گھنٹے بری طرح پریشانی میں گذرے تھے۔ وہ مجھے بتائے بغیر اپنی کزن کے گھر چلی گئی تھی، پیدل۔ یہ اچھا سبق تھا جو مجھے آج تک یاد ہے۔ اس لیے ہر تکلیف پر ڈاکٹر بہترین آپشن تھا۔ البتہ میں ہر شام گھومنے چلا جاتا ہوں۔ پرکاش کو بھی ایوننگ واک پسند ہے۔ کیا بات ہے!

''اچھا پرکاش، بون-سائی کی قیمت کیا ہوتی ہے؟''

''ڈیپنڈ کرتا ہے، دو، ڈھائی ہزار سے ایک لاکھ تک۔''

''اور اسے بننے میں کتنا وقت لگتا ہے؟''

''کسی دن نرسری آیئے، آپ کو بون-سائی کے بارے میں تفصیل سے بتاؤں گا۔''

''ضرور۔'' مہتاب اگر اپنے بھائی کے گھر جائے تو موقع مل سکتا تھا۔ ایسے تو ممکن نہیں۔ مگر وہ پہلے بھی اپنے گھر بہت کم جایا کرتی تھی۔ پیاری پھوپھی کے انتقال کے بعد تو اس کا میکا ہی ختم ہو گیا۔ بھائی کے گھر بمشکل جاتی ہے۔ اس کی بھابھی نہیں چاہتی کہ یہ سواری وہاں اترے۔ بھائی خود نالاں ہو تو پھر بھابھی کا کیا کہنا۔

''کل چلیں؟'' پرکاش نے پوچھا۔

''ارے نہیں، بتاؤں گا تمھیں۔'' میں نے بات ٹال دی۔

رات کے کھانے پر میں نے پرکاش کی تعریف کی تو مہتاب کو بہت ناگوار گذرا۔

''اب آپ نے اسے پیچھے لگا لیا؟''

اسے ڈر تھا کہ کہیں میں اسے کھانے پر نہ بلا لوں۔ حالانکہ کسی دوست کو کھانے پر بلائے زمانہ بیت چکا تھا۔ اب تو کوئی دوست بھول کر بھی نہیں آتا۔ اس لیے عرصے سے چائے بھی نہیں پلائی تھی۔ جب میں شفٹ ہونے کے بعد پہلی بار گھر گیا تو امی نے کہا تھا، تیرے جانے کے بعد ایک لیٹر دودھ کم کر دینا پڑا۔ مہمانوں کی آمد سے انھیں خوشی ہوتی تھی۔ بہت سوشل تھیں۔ اللہ درجات بلند

کرے۔

پھر جس دن پینشن لینے بینک جانا تھا میں پرکاش کی نرسری پہنچ گیا۔ اس دن دیر بھی ہوجائے تو مہتاب خاموش رہتی تھی۔ پرکاش بہت خوش ہوا۔ سارا کام چھوڑ کر مجھے گھماتا رہا۔ پھر بون-سائی درختوں کے پاس پہنچ کر بولا،''ہمارے یہاں، پیپل، املی، نیم، فائی کس، بوگن ویلا، برگد، گل مہر، سنترا، آم وغیرہ کے بون سائی بنائے جاتے ہیں۔''

''بون-سائی بنتے کیسے ہیں؟''

''جس پودے کا بون سائی بنانا ہو اسے گملے سے نکال کر اس کی بڑی ڈالیاں کاٹ لیتے ہیں۔ جڑیں بھی کم کرتے ہیں۔ پھر اتھلے گملے میں کھاد اور مٹی کے ساتھ لگا دیتے ہیں۔ اس کی غیر ضروری شاخوں اور پتوں کو کاٹتے رہنا ہوتا ہے۔ تاکہ اس کی لمبائی ایک حد سے آگے نہ بڑھے۔''

''اس کی کھاد اسپیشل ہوتی ہے؟''

''نہیں، وہی عام کھاد ڈالی جاتی ہے۔ فائی کس اور پیپل کے لیے کھاد کے ساتھ مٹی کی جگہ باریک کرش ملایا جاتا ہے۔''

''دو سے تین سال بعد بون-سائی کا گملا بدلنا پڑتا ہے۔''

''ہوں...... دیکھو، کچھ سیدھے ہیں کچھ ذرا ترچھے، بالکل عام درختوں کی طرح۔''

وہ ہنسا اور بولا،''یہ بھی ہماری کاریگری ہے۔''

''اچھا!''

''المونیم کے تاروں سے ڈالیوں کو اپنی مرضی کے مطابق شکل دیتے ہیں۔ اس طرح ڈیڑھ دو سال میں بون سائی کی ابتدائی صورت بن جاتی ہے۔ یہ دیکھیے، یہ سیدھے تنے والا بون-سائی ہے اسے Formal Upright کہتے ہیں۔ Informal Upright میں اس کا تنا ٹیڑھا رکھا جاتا ہے۔ پہاڑوں پر تیز ہوا کی وجہ سے درخت جھک جاتے ہیں اس طرح کا لک دینے کے لیے Slanting Upright کیا جاتا ہے۔ Forest کا لک دینے کے لیے ایک برتن میں چار پانچ بون-سائی اگائے جاتے ہیں۔ یہ بون سائی بالکل جنگل کا نقشہ پیش کرتے ہیں۔''

''یعنی کوئی چاہے تو جنگل خرید کر لے جائے۔''

''شوق سے......''

میں نے پرکاش کے کاندھے پر ہاتھ رکھ کر شعر پڑھا:

''کر علاجِ وحشتِ دل چارہ گر
لا دے اک جنگل مجھے بازار سے''

وہ مسکرا کر میری جانب دیکھتا رہا۔

''اردو کے ایک بہت بڑے شاعر ہوئے ہیں، مومن خاں مومن۔ ان کا شعر ہے!''میں بولا۔

''او کے، مجھے صرف دوسری لائن سمجھ آئی۔''

''کیا سمجھے؟''

''مومن صاحب کو یہ گفٹ کیا جا سکتا ہے۔''ہم دونوں دیر تک ہنستے رہے۔ آنکھوں سے پانی بہنے لگا۔ میں نے رومال سے آنکھیں صاف کیں، اور کافی پی کر گھر کے لیے نکل پڑا۔

پھر ایک دن پرکاش بھی چلا گیا۔ لیکن جانے سے پہلے اس نے مجھے نیم کا ایک بون-سائی تحفے میں دیا۔ نہایت قیمتی گملے والا۔ بہت پیارا۔ میں نے اسے مومن کا شعر فریم کرکے دے دیا۔ وہ بہت خوش ہوا۔ میں نے بون-سائی بالکونی میں رکھ دیا۔ بنگلے کی جانب تاکہ اس کے ساتھ پرکاش کی یاد تازہ رہے۔

اس دن جب سونے کے لیے لیٹا تو نیند آنکھوں سے غائب تھی۔ دیر تک جاگتا رہا۔ نومبر کا مہینہ تھا۔ ہوا میں خنکی بڑھ گئی تھی۔ میں نے مہتاب کو دیکھا، وہ گہری نیند میں تھی۔ میں آہستہ سے اٹھا اور بون-سائی کے سامنے جا بیٹھا۔ یہ بون-سائی نیم،

گاؤں والے نیم کے درخت سے کتنا ملتا جلتا ہے۔ نچلی شاخ تو بالکل ویسی ہے۔ اس بون- سائی کے نیچے چند بچے کھیل رہے تھے۔ میں نے چشمہ اتار دیا اور غور سے دیکھنے لگا۔ اوہ، یہ تو میں اور میرے چھوٹے بھائی ہیں۔ منی نمبولیاں جمع کر رہی ہے۔ گھر کے آنگن میں وہ اِن کی دکان لگائے گی۔ اس نے سنہری رنگ کا شلوار کرتا پہنا ہے۔ آنکھوں میں بڑا سا کاجل لگا ہے۔ اس کے کتھیا بال، لال رنگ کے ربن سے بندھے ہیں۔ میں شاخ پر چڑھا اور کود گیا۔ 'آہ.....' میری چیخ نکل گئی۔ میرے پیر میں کانچ کا ٹکڑا گڑ گیا ہے۔ دونوں بھائی دوڑ کر آئے۔ ایک نے میرا پیر اپنی گود میں رکھ لیا۔ خون سے اس کا قمیص سرخ ہونے لگا ہے۔ دوسرا کانچ کا ٹکڑا نکالنے کی کوشش کر رہا ہے۔ منی رو رہی ہے۔ ''بھیا آپ کو بہت درد ہو رہا ہوگا نا؟''

''نہیں، تو رو مت۔''

''بھیا، آپ سے ملے دو سال ہوگئے۔ آپ کی بہت یاد آرہی ہے۔'' وہ بولی۔

میں نے اس کے آنسو پونچھے اور بیساختہ بون- سائی لے کر گھر کے آنگن میں چلا گیا۔ اب گڑھا کرنے کے لیے کسی چیز کی ضرورت تھی۔ اسٹور میں سلاخ مل گئی۔ کچھ ہی دیر میں بالشت بھر کا گڑھا ہوگیا۔ میں نے بون- سائی کو اتھلے گملے سے نکالا اور زمین میں لگا دیا۔ مٹی برابر کرنے کے بعد اس پر پانی کا چھڑکاو کیا۔ ہلکی ہوا کے جھونکوں سے ننھا نیم لہلہانے لگا تھا۔ جلد ہی یہ چھتنار ہو جائے گا۔ اس کام سے فارغ ہو کر مجھے وہ ذہنی سکون میسر آیا جس کے لیے میں عرصے سے ترس رہا تھا۔

یہ کتنا بڑا ظلم ہے کہ فطرت کا گلا گھونٹ کر اسے بونا بنا دیں۔ اسے تناور درخت کیوں بننے نہ دیا جائے؟ آخر درخت اسی لیے تو ہے کہ پرندے اس پر گھونسلے بنائیں، اس کی شاخوں پر چہچہائیں، اس کے نیچے بچے کھیلیں، اس کے پھل کھائیں، کیڑے مکوڑے بھی اس سے اپنی غذا حاصل کریں۔ وہ بیچارہ تو سب کے لیے مفید ہے، پھر سب کو محروم کر کے اپنی تسکین کے لیے اس پر ظلم کیوں؟ بلکہ اپنی غرض کے لیے سب پر ظلم کیوں؟؟

OOO

ہندی کہانی

منیشا کلشریشٹھ / احسن ایوبی

گمشدہ پیلی تتلی

وہ چار سال کی تھی اور وہ وہاں کیوں تھی؟

اپنے گھر سے بہت دور، کئی گلیاں اور دو محلے، سات بڑے بڑے دروازے اور چڑھائیاں پار کر کے؟ کسی گھر کی اجنبی چھت پر اپنی فراک کے نیچے بغیر کچھ پہنے؟ محض ایک طوطے کی چاہ میں....؟

''اے بلّی جانتی ہے...؟ وہ طوطا بولتا ہے''۔

''میرا نام بھی بولے گا؟''

''ہاں! میری چھوٹی بہن پنکی کا تو نام بولتا ہے۔ تیرا بھی بولے گا''۔

''ڈی کے انکل! مگر بلّی نہیں مِنّو''۔

''نہ منو نہ بلی... مس منالی بولے گا.... ٹھیک ہے؟ اب چلیں؟''۔

☆☆

ایک پیلی تتلی لاپتہ ہوئی تھی۔

یہ اس کی زندگی کے ان دنوں کی بات ہے جب موسم، وقت اور عمر کی گنتی تک پتہ نہیں ہوتی تھی۔ ہر دن ایک متجسس روشنی کے لئے اگتا تھا۔ سورج باتیں کرتا، چاند کہانیاں سناتا۔ جب وہ پاٹھ شالا تک نہیں جاتی تھی تو ہر دن اس کے لئے ایک پاٹھ شالا ہوتا تھا۔ ہتھیلی پر رکھی ریشم کی بڑھیا اور بازو پر ساتھیوں کی چٹکی، ران پر چلتے مکوڑے کی گدگدی تک نئی لگتی تھی۔ پیٹ کی گدگدی ایک مزیدار کھیل ہوتی، کسی کی چھینک تک پر کھلکھلا دینے کے دن تھے۔ بڑوں کے جسم بہت بڑے لگتے چاہے کوئی تھوڑا بڑا ہی کیوں ہو، واقعتاً بڑے تو بہت بڑے تھے۔ چھوٹا سا پارک وسیع و عریض لگتا اور ٹوائے ٹرین میں کود کر بیٹھنا بھی ایک مشکل مسئلہ ہوتا۔ ہمیشہ کھیلنا، کھانا، روز کچھ نیا جاننا اور اس سے متحیر ہونا۔ نو بجتے ہی کھیلتے کھیلتے گہری نیند میں سو جانا، صبح بستر پر موجودگی سے کچھ نہ یاد رہنا کہ کھیل والی جگہ سے یہاں کب اور کون لایا؟ کھانا کس نے کھلایا؟ اس کے پیارے بھولے دنوں کو ماں تہہ لگا کر تسلی اور یادداشت کی نیند کے بکسے میں رکھتی جاتی، تحیر خیزی کی وہ دلدادہ کچھ دنوں بعد تہہ کر کے رکھے ہوئے ان دنوں کو دوبارہ باہر نکال لیتی اور ان پر اپنے تخیل کی گلکاری کرتی۔

''کل جب ممی آپ پنٹو کو لینے ہاسپٹل گئی تھیں نا، تب آپ نے ہمیں حلوہ بنا کر کھلایا تھا، نہرو پارک بھی لے گئے تھے''۔

ماں ہنستی ''منو کے لئے بہت دن پہلے بھی کل ہوتا ہے، جبکہ پنٹو ڈیڑھ سال کا ہو چکا''۔

پاپا گرہ لگاتے ''دو دنوں کو مکس بھی کرتی ہے، کچھ چیزیں اپنی طرف سے گپ کر کے لگا دیتی ہے، یہ عمر ہے ہی تخیلات کی دنیا میں گم رہنے کی''۔

میں تب بھی بحث کرتی ''نہیں پاپا، میں سچ کہتی ہوں۔ کل جب میں ڈی کے انکل کے گھر گئی تھی نا..... تب میری پیلی تتلی گم ہوگئی... انہوں نے میری چڈی سے پکڑ کر فریم میں لگا دی''۔

یہاں آ کر بس میٹھی لتاڑ ملتی ''منو! بس اب جا کر اپنے رنگوں کی کتاب میں رنگ بھرو''۔

''منو عجیب و غریب ڈھنگ سے نہیں پیش آ رہی؟''

''مجھے سمجھ میں نہیں آ رہا ہے.... کبھی کبھی میں اسے پاتی ہوں.... نہیں پتہ.... جیسے کہ وہ.... مجھے ڈرا دیتی ہے۔ میرے کہنے کا مطلب ہے کہ وہ سونے کا بہانہ کر کے جاگ رہی ہوتی ہے۔ وہ ابھی اس طرح بہانے بنائے... اس کے لئے بھی بہت چھوٹی ہے۔ وہ ہمیشہ تھوڑی عجیب رہی ہے.... موڈی''۔

''ہوسکتا ہے''۔

ماں کو بھنک بھی نہیں لگی کہ منو آہستہ سے دوسری ہی قسم کی بچی ہو چلی ہے ،وہ ہمیشہ گڑیوں کے ساتھ پراسرار کھیلوں میں الجھی رہنے لگی۔گڑیوں کوخریدنے سے پہلے وہ ان کی فراک الٹتی ،جن گڑیوں نے چڈی نہ پہنی ہوتی وہ ان کوخریدتی ہی نہیں۔اپنی پرانی گڑیوں کے لئے وہ ممی سے ضد کرتی کہ ان کی چڈیاں سل دیں۔اس کی اس سنک پر ماں جھنجھلاتی ۔وہ کونوں میں ،پردوں میں چھپ کر کھیلتی، چھاتوں کے گھر بنا کرا کیلی کھیلتی۔اس نے پٹھو کواپنے کھیلوں سے بے دخل کردیا تھا۔

☆☆

اسے منو سے منالی ہوئے عرصہ ہوگیا۔ممی آج بھی مصروف ہیں ۔وہی دفتر ہےمگر آج وہ اس کی ہیڈ ہیں۔ڈی کے بھی اب ان کے دفتر کا ہیڈ کلرک ہے۔اس چھوٹے شہر میں وہ مقبول آدمی ہے کیونکہ ملنسار ہے۔اپنے آپ میں وہ آج بھی دلچسپ آدمی ہے۔شہر کے ہرآدمی کو وہ جانتا ہے،شہر کا ہر آدمی بھی اس سے واقف ہے۔وہ شہر کے نام پتوں کی ڈائریکٹری ہے،شہر کی تاریخ کا انسائیکلو پیڈیا ہے۔اسے 'مخصوص' اوراہم بنانے والی بہت سی چیزیں ہیں ..... پرانے سکوں اور ڈاک ٹکٹوں کا منفرد کلیکشن، یہاں وہاں سے پکڑی گئی تمام قسموں کی رنگ برنگی تتلیوں کے فریم،مانسروور یاترا سمیت مختلف ٹورز کے دلچسپ تجربات ،فوٹو البم...جن میں سنے اسٹاروں اورلیڈروں کے ساتھ اس کی تصاویر ہیں اور باتوں کا دھنی تو ڈی کے ہے ہی۔وہ آج بھی شہر میں اسی نام سے جانا جاتا ہے، ہر معزز گھر میں اس کی آمد و رفت ہے، ہر دکھ اور ضرورت میں آگے،اب اس کی بیوی بھی ہے اور اسکول جاتے بچے بھی، بیوی بھی خوب گھلنے ملنے والی خوش مزاج عورت ہے۔

منالی تین سال کی تھی جب اس شہر میں بس سے پاپا کی انگلی پکڑ کر اتری تھی۔تب وہ منو تھی ،ممی کی گود میں ننھا بھائی پٹھو تھا۔اس دن منو قلعہ دیکھ کر حیرت زدہ رہ گئی تھی ،قلعہ بھی تو پورے شہر کو گھیرتا ہوا سا تھا۔ٹھیک اس دن سے وہ ڈی کے کو جانتی ہے۔ڈی کے کو دفتر والوں نے ممی پاپا کے استقبال اور سرکاری کوارٹر میں شفٹنگ میں مدد کے لئے بھیجا تھا۔کھیل کود کے شوقین ہر بچہ کی طرح منو کو بھی باتونی ڈی کے بہت دلچسپ لگا تھا۔بس وہ کالج سے بی اے کرکے نکلا ہی تھا۔لمبا.....بہت لمبا...سانولا ....اورکپل دیو جیسی مونچھوں والا۔اس کا سامنے اوراوپر والا ایک دانت کونے سے کھسکا ہوا تھا اورایک نقلی تھا جسے وہ زبان سے باہر نکال کر منو کے سامنے تفریح کرتا۔وہ ممی کے دفتر میں عارضی کلرک تھا،منو اسے بھائی صاحب یا چاچا جی نہیں کہتی تھی......اس کی زبان پرڈی کے انکل ہی آتا۔

ڈی کے انکل کے گھر اور دور قلعے کے اوپر بسے محلّہ میں ان کے گھر کے بیچ کا پڑاؤ ہی تھا منو کا گھر۔جہاں ڈی کے ہر دوسرے دن چائے پینے ،فائلوں پر دستخط کروانے اورمنو سے کھیلنے رکتا تھا۔دفتر کے دوسرے لوگوں کی دیکھا دیکھی ڈی کے نے بھی ممی پاپا اورمنو پٹھو کو گھر پر کھانے کے لئے بلایا تھا۔وہ سب سرکاری گاڑی میں پہلی بارقلعہ پر گئے ۔منو نے فوراً قلعہ سے رشتہ بنالیا۔کھنڈر، بڑے بڑے پول.... پول یعنی کہ داخلی دروازے نہ کہ کھمبے...۔ پہنائیاں.....کہانیاں اورنیل گائیں....ڈی کے انکل کا بھول بھلیاں گھر اورطوطا جو بولتا تھا۔قلعہ کا وہ سفر اتنا دلچسپ تھا کہ منو دوبارہ اس سفر کی آرزو مند تھی۔ایک دن ممی کے ساتھ ہی ساتھ ڈی کے انکل سائیکل پر فائل لے کر آگئے ۔منو دوڑ کر گود میں چڑھ گئی۔

''انکل طوطارام کیسا ہے؟''

''تجھے یاد کرتا ہے، پوچھتا ہے کہ وہ بلی کہاں ہے؟ اب تو گھر کے پچھواڑے میں خوب امرود بھی اگے ہیں، گوکھ کا تالاب لبالب پانی سے بھرا ہے، چنے کھانے والی مچھلیاں یاد ہیں؟''

ڈی کے نے ممی کو دیکھ کر آہستہ سے دبلی پتلی ٹانگوں والی منو کو صوفے پر اتار دیا۔

''ممی! ہم کب جائیں گے قلعے؟ دیکھو نا ڈی کے انکل کیا کہہ رہے ہیں''۔

''منو کام کرنے دو، جائیں گے کسی سنڈے کو''۔

ممی چشمہ سنبھالے فائلوں پر پین چلاتی رہیں۔ وہ ڈی کے کی گود میں مچلتی رہی۔

''کل سنڈے ہے، کل چلیں؟'' ممی نے جواب نہیں دیا لیکن ڈی کے انکل نے اسے چپ رہنے کا اشارہ کیا کہ میں کچھ کرتا ہوں۔ فائلیں پوری ہوگئیں تو چائے آگئی۔

''میڈم! منو کا اتنا جی چاہ رہا ہے پنکی اور طوطے سے ملنے کا، ممی بھی پوچھ رہی تھیں تو میں لے جاؤں؟ شام تک چھوڑ دوں گا''۔

''سائیکل پر؟''

''ہاں''۔

''اتنی دور؟''

''ممی کل آجاؤں گی، جانے دو نا، ہم کو پنکی سے ملنا ہے، ہم کو امرود کھانے ہیں، گوکھ کی مچھلیاں دیکھنی ہیں''۔

''پاپا سے پوچھنا ہوگا''۔

''پاپا دیر سے آئیں گے ممی، تب تک ڈی کے انکل چلے جائیں گے''۔

منو زمین پر بیٹھ کر مچلنے لگی، ڈی کے نے پھر اسے گود میں لے لیا، منو نے ڈی کے گلے میں بانہیں ڈال دیں، ممی کشمکش میں مبتلا ہوگئیں۔

''اب تم کو اسکول میں ڈالنا پڑے گا، تم بہت ضدی ہو منو''۔

''تم ہم کو کہیں نہیں لے جاتیں، میرے ساتھ کوئی نہیں کھیلتا، پٹھو کو پیار کرتی ہو آپ، مجھے نہیں، گھر کا سارا دودھ پٹھو پیتا ہے، مجھے تم دودھ نہیں دیتیں''۔

''پکی بلی ہے تو منو، اب میں تجھے بلی ہی کہوں گا''۔

''اور پٹھو کو؟''

''چوہا''

''میڈم! پھر لے جاؤں اسے؟''

ممی کا جواب یاد نہیں منو کو، لیکن وہ دلچسپ سفر یاد ہے۔ وہ سائیکل کے اسٹینڈ پر پیچھے بیٹھی ہے، پیروں میں ننھے لال جوتے لٹکے ہیں، شہر کی جگمگ روشنیاں ختم ہوتی ہیں..... پاڈن پول کے بعد گھپ اندھیرا... ڈی کے احتیاط سے سائیکل چلاتا جا رہا ہے... باتیں کر رہا ہے۔

''بلی! تجھے کھانے میں کیا پسند ہے؟''

''مجھے روٹی بالکل نہیں پسند''۔

''تجھے پتہ ہے یہاں شیر بھی ملتے ہیں؟''

''ڈر لگ رہا ہے انکل''۔

''ڈرنے کی بات نہیں، میں تو روز آتا جاتا ہوں''۔

''آپ کو ملا؟''

''ایک بار سامنے سے گزرا، لومڑیاں تو تجھے آگے نظر آجائیں گی''۔

سچ میں لکشمن پول، ہنومان پول کے موڑ پر بچوں کے ساتھ جاتی ہوئی لومڑی نظر آئی۔ ایک بڑے پیڑ سے اتر کر دوسرے پیڑ پر بھاگ کر چڑھتا بجو دیکھ کر منو چیخ پڑی تو ڈی کے نے سائیکل پر آگے بٹھا لیا۔ پیڈل مارتے وقت ڈی کے کی چھاتی کا اس کے سر پر دباؤ اسے مطمئن کرتا رہا۔ قلعہ پر بسا محلّہ چھوٹا ہی تھا۔ ڈی کے کا گھر..... یعنی آج بھی رونقیں ہی رونقیں ...سات بھائی بہن..... ہر عمر کے... طوطا، ایک السیشین کتا شیرو، ڈی کے کی ممی یعنی نانی جی، ڈی

کے پاپا نانا جی، ڈی کے کے جمع کیے گئے سکے، البم، بڑا احاطہ، گھر کے پیچھے قلعے کے ٹوٹے کھنڈر، چمگادڑیں، رات میں باگھ کی دہاڑ۔

پہنچتے پہنچتے رات کے آٹھ بج گئے تھے۔ وہاں سب نے اسے گھیر لیا بیٹھی باتیں کیں۔ سب کے ساتھ اس نے کھانا کھایا۔ شہر سے قلعہ پر آنے میں سات کلومیٹر کا چڑھائی والا سفر، طوطے، پنکی سے لڑائی اور انگلی میں طوطے کے کاٹ لینے سے وہ روہانسی ہوگئی۔ اسے ممی کی یاد آنے لگی، ڈی کے کے سارے چھوٹے بھائی بہنوں نے اسے منانے کی کوشش کی، رنگین پنسل دیں، مگر وہ منہ لٹکائے بیٹھی رہی۔ اپنے والد کے کمرہ میں کچھ دیر ٹھہر کر ڈی کے نے نہایا اور کچن میں کھانا کھا کر ہی اس کے پاس آیا۔ پوچھا ''منو نے کھانا کھایا؟'' منو گھر سے لایا ہوا اپنا چھوٹا سا بیگ چپکائے بیٹھی تھی۔

بہنوں کے کمرے میں منو کو روہانسا دیکھ کر پوچھا ''کیا ہوا؟'' تو وہ رو پڑی ''ممی کے پاس جانا ہے''۔

''کل جائیں گے نا، ابھی رات میں شیر مل جائیں گے راستے میں، تو نے آواز نہیں سنی یہاں دہاڑ کی؟ ہاں! لیکن تو ڈری نہیں نا؟ تو تو بلی مَوسی ہے شیر کی، چل تجھے کہانی سناؤں''۔

بہنوں کو پڑھتا دیکھ کر وہ وہاں سے منو کو لے گیا۔ اس کا کمرہ چھت پر تھا، جیسا کہ اس زمانہ میں گھر کے بڑے لڑکوں کے کمرے چھت پر ہوتے تھے۔

''دکھاؤ تمہارے بیگ میں کیا ہے؟''

اس کے بیگ میں ایک فراک تھی، ایک ننھا ٹوتھ برش، ایک چمکیلا ربن، سنہرے بالوں والی لچکدار سر کی ایک گڑیا۔

''تم گڑیا چھوڑو، میں تمہیں جادوئی چیزیں دکھاؤں''۔

وہ اسے گود میں اٹھا کر کمرہ سے متصل بیٹھک میں لے گیا، جہاں چار بڑے بڑے فریموں میں کئی رنگوں، قسموں اور سائز کی مردہ تتلیاں قید تھیں۔ وہ مری ہوئی تتلیوں کا البم دکھانے لگا۔ وہ انہیں دیکھ کر ناخوش تھی۔ اس نے رونے والی اپنی ادا میں نچلا ہونٹ باہر نکال دیا۔

''انکل! ان کو اڑا دو.... ان کو اڑا دو باہر''۔

''یہ بند ہوگئیں، اب نہیں اڑیں گی کبھی''۔ وہ بولا تو اس کی آنکھوں میں آنسو آ گئے۔

یہ دیکھ کر وہ ٹکٹ البم اور الگ الگ بٹوؤں میں رکھے تانبے کے سکوں کو نکال لایا۔ تھکی ہوئی روہانسی منو کچھ دیر ان سے کھیلتی ہوئی سو گئی۔ وہ کچھ پڑھتا رہا پھر لائٹ بند۔ لائٹ بند ہوئی... پلکیں بھی بند ہوئیں... لیکن رات جاگتی رہی۔ آگہی، بے خبری اور خواب کے بیچ وہ پیلی تتلی کنمنائی اور پھر شعور کی سطح سے اڑ گئی۔

اگلے دن دوپہر ہونے تک وہ گھر آ گئی۔ اتوار کی دوپہر ممی خود کھانا بنا رہی تھیں، پنٹو سو رہا تھا، پاپا دوردرشن دیکھنے میں مصروف تھے۔

''تو کب آئی منو؟ ڈی کے اوپر نہیں آیا؟ کیا کیا منو نے ڈی کے گھر؟ امرود کھائے؟ طوطے رام سے کھیلی؟

''گندہ طوطا.... اس نے کاٹا میری انگلی کو، امرود کھائے لیکن کچے تھے ممی.... بہت کچے.... طوطے نے بھی نہیں چھوئے''۔

''مچھلیاں؟''

''نہیں دیکھیں... ہم کو گھر آنا تھا، آپ کی بہت یاد آئی۔ ممی! ڈی کے انکل گندہ ہے، تتلیاں بند کرتا ہے فوٹو میں۔ اسی لئے اس نے میری پیلی تتلی والی چڈ....''۔ منو نے شہد جیسی بھولی آنکھیں نم کر کے، ہونٹ باہر نکال کر روہانسی ہو کر کہا۔ ممی نے کھیر کا کٹورہ پکڑا کر کہا ''جا کھا لے''۔

اگلا دن منو کے لئے دھند سے گھرا ہوا سا تھا۔ اپنے آس پاس کے لوگوں میں اس کی دلچسپی جاتی رہی۔ اس دن پاپا لوٹے تو وہ دوڑ کر پاپا کے پیروں سے نہیں لپٹی۔ اسی سال اسکول جانا شروع ہوا تو بستے، کاپیوں اور اسکول کے دوستوں نے روزمرہ معمولات کو بھر ڈالا۔

☆☆☆

اب منالی کی شادی ہونے والی ہے۔ساتھی خوبصورت اور راستہ نیا ہے۔روزفون پر پیار ومحبت کی باتیں ہورہی ہیں،کورٹ شپ کے دن خوبصورت بیت رہے ہیں ۔نہ منو منی ہے نہ ڈی کے کابلی والا۔وہ اب بھی اسے بلی کہتا ہے اور پٹھو کو چوہا،جو نہ پٹھو کو پسند ہے نہ منالی کو۔دونوں اس کے اس مذاق پر منہ بناتے ہیں۔پٹھو اور منالی کا رشتہ ایسا ہے کہ دونوں بغیر کہے ایک دوسرے کے جذبات سمجھتے ہیں.....تلے اوپر کے بھائی بہنوں کی طرح۔

ڈی کے برسوں سے حاصل اعتماد کے تحت ایک طرح سے گھر کا قریبی دوست ہو چکا ہے۔لمبا قد،سانولا چہرہ،تیکھی ناک،ہمیشہ رسمی لباس،ترتیب سے سنبھلے بال،سنجیدہ و متین آواز،ہمیشہ اپنائیت وخلوص کے ساتھ کسی بھی قسم کی مدد کے آمادہ۔شہر نے اسے اپنا غیر معلنہ ثقافتی ترجمان سا بنا دیا تھا۔شہر کے ہر معزز گھر میں اس کا داخلہ آسان،شہر کے ہر پروگرام میں وہ موجود۔

آج منالی کی شادی والی پوشاک سل کر آئی ہے۔وہ پرشوق انداز میں اسے پہن کر دیکھ رہی ہے.....آئینہ کے سامنے گھوم گھوم کر......پرانا آئینہ حیران ہے۔یہی آئینہ گواہ ہے منالی کی ہر عمر کا۔اسکول کے فنکشنز میں پہنے لہنگے اور آج کے اس لہنگے میں فرق ہے ایک وقت کا۔اسے آنے والی اکیس تاریخ کو سب سے زیادہ حسین نظر آنا ہے۔وہ اپنا ہنس جیسا جسم موڑ موڑ کر کرتی اور کا نچلی کی فٹنگ دیکھ رہی ہے۔چل کر،گھوم کر،سر پر اوڑھنا رکھ کر،شرما کر طرح طرح سے بن سنور رہی ہے،البیلی نگاہوں کی مختلف اداؤں میں سے ایک چن رہی ہے،بوسہ کے لئے وہ ہونٹ آئینہ کی طرف بڑھا رہی ہے کہ.........اس کی پرائیویسی کے بہاؤ میں کوئی رکاوٹ ڈالتا ہے،کسی نے اسے پیچھے کندھوں سے تھام لیا ہے.....ڈی کے انکل!!!!وہ تمتما گئی.....وہ اس کے سینہ پر کہنی گاڑ کر سیدھی ہوگئی۔

''پرنسز لگ رہی ہے میری بلی،صحیح وقت پر آیا میں''۔ڈی کے چہرہ پر وہی گھٹیا جذبہ پُتا تھا جو بسوں میں ان آدمیوں کے پتا رہتا ہے جو دانستہ لڑکیوں کو چھو کر چلتے ہیں اور مڑ کر دیکھو تو عجیب سنجیدگی اور لا تعلقی کا جذبہ اوڑھ لیتے ہیں لیکن ہوس اس سنجیدگی کے پیچھے سے بے محابا نمایاں ہوجاتی ہے۔

''نہیں!!!یہ غلط وقت ہے...بغیر کھٹکھٹائے ہوئے میرے کمرہ میں آنے کا،وقت وہ بھی غلط تھا ڈی کے انکل آپ کا اپنے کمرہ میں مجھے لے جانے کا۔یہ بتایئے بیس سال پہلے میں اس چھت پر صبح پانچ بجے واش بیسن کے نیچے اپنی فراک اٹھائے ہوئے کیا کر رہی تھی؟''۔منو پہلے پھسپھسائی پھر چیختے ہوئے ہکلانے لگی۔

''پاگل ہوئی ہے؟ کیسے سوال کر رہی ہے؟ میڈم،ماٹ ساب سے الگ ہونے کا تجھے صدمہ تو نہیں لگ گیا؟ کیا بیکار کی باتیں یاد......''۔وہ پچکارنے لگا۔

''انکل!مجھے بہت غلط وقت پر یہ سب یاد آ......... پتہ نہیں آج مجھے کیوں یاد آیا لیکن انکل آپ ابھی نکلو یہاں سے''۔

''کیا بات ہے منو؟....ہاں ڈی کے انکل!!!!آپ اس وقت یہاں کیسے؟ آپ کے آتے وقت میری نظر آپ پر کیوں نہیں پڑی؟۔شام کو آیئے..... پاپا شام کو آتے ہیں''۔

منو پائپ سمیٹتا ہوا اندر آ گیا۔

ڈی کے کینچوے کی طرح رینگ کر اسی طرح نکل گیا جیسے اس روز نیچے اسے سیڑھیوں میں ہی چھوڑ کر نکل بھاگا تھا۔منالی لہنگا پہنے ہوئے ہی اپنے بستر پر اوندھے منہ ڈھے گئی۔اس کی یادداشت کا خوابیدہ لاوا دھواں دے رہا تھا،اذیت کی اتھاہ اور بغیر باندھ والی ندی سی اُمڈ پڑی ہے جو پیروں کے بیچوں بیچ اپنے مطلوب نقطہ کی طرف بہہ رہی ہے۔وہ اپنی سوچوں میں غرق ہوگئی۔''برسہا برس گزر گئے لیکن سچ.....تخیل.....اور گڈمڈ وہم کو الگ کرنے میں اب بھی

کبھی الجھن محسوس کرتی ہوں۔اس رات میں نے گرم ہاتھ اپنے بدن پر محسوس کئے تھے؟یا وہ ٹھنڈے تھے؟یا میرا بدن ہی ٹھنڈا پڑا تھا؟اس کے بعد کی چیزیں کیوں دھندلی ہو جاتی ہیں؟ کیا میری یادوں کے ساتھ کسی نے چھیڑ چھاڑ کی؟ کس نے انہیں بدل ڈالا ؟کس نے مٹا یا اریزر(Eraser)سے؟میں نیم خوابیدہ تھی...مجھے پتہ ہے.... ہاتھ تو مگر وہ...لمس کیا تھا؟ وہ ہاتھ نہیں تھا...وہ عجیب سا لمس کپڑے کا بھی نہیں تھا....گنگنا...لجلجا..مگر سخت...!!!!اور میری چڈی؟؟؟جس پر ایک پیلی تتلی کڑھی تھی....وہ کہاں ہے؟۔

آخر کار اس لمس کی گمشدہ کڑی اسے بہت بعد میں ملی۔تکلیف دہ بات یہ تھی کہ زندگی کے سب سے حسین دنوں میں ملی۔شادی سے پہلے کے خواب و خیال کے دن.....شادی بھی اس سے جس سے ملتے ہی منالی نے اپنے الہڑ شباب کے بالوں میں پروئی ہوئی ساری پتیاں سونپ دی تھیں۔

'سجل'۔

ان دونوں کی پڑھائی اب پوری ہو چکی تھی۔وہ دوسرے شہر کے ایک اسپتال میں اپنی انٹرن شپ کر رہا تھا کہ ان کی سگائی کر دی گئی۔سجل کے جانے سے پہلے وہ ملے اس کے گھر....اس کے اپنے کمرہ میں۔

''سنو منالی!کورٹ شپ کے دن دوبارہ لوٹ کر نہیں آتے''۔

''تو بہتر دن آتے رہیں گے....ہر پل ایک ساتھ رہنے کے''۔

''نہیں....ان دنوں کی بات ہی الگ ہے...باغ سے چوری کئے گئے امرودوں جیسی''۔

یہ کہہ کر وہ تجسس وانکشاف کی دلداہ کو چومتا ہوا اپنے کمرہ کے گنگنے کونے میں لے گیا۔ایک دوسرے کی بانہوں میں الجھے وہ لکڑی کے فرش پر بچھے نیلے مخملی قالین پر ڈھہ گئے....کپڑوں کے نیچے چھپی ازلی دنیا کو ٹٹولتے ہوئے....ہونٹوں اور زیر و زبر ہوتے سینوں کی جانی پہچانی دنیا سے اور تھوڑا آگے ایک دوسرے کی 'پرائیویسی' کو جاننے کے لئے بے قرار دو جوان ..مگر ایک ہوتے ہوئے وجود۔تلاش سکھ ہی کی تھی مگر گڈمڈ پوٹلیوں میں جو منالی کے ہاتھ لگا وہ کیمسٹری لیب میں کیروسین میں رکھے سوڈیم کے ٹکڑے جیسا تھا......ہتھیلی جلاتا ہوا کچھ.....

وہ باتھ روم میں جا کر کانپتی رہی تھی۔اس کے گڈمڈ تخیلات، سچ اور وہم سے نکلی وہی پرانی کڑی!!!

وہ تحت الشعور میں گھستی چلی جا رہی تھی۔سجل کی موجودگی میں ہی اس کا شعور تحت الشعور سے پوچھ رہا تھا....''یہ لمس...بچپن کے کسی بل سے نکل کر چلا آیا تھا...بنا زہر والے....ڈھیلے مار کر ادھ مرا کر دئے گئے سانپ سا....ہلکا سا کانپتا ہوا اور لجلجا.....پہلے بھی چھوا ہے اسے میری جلد نے....اسی ادھ مرے سانپ کو....ملتے جلتے....میں نے اپنی رانوں میں سرکتے محسوس کیا ہے۔لگاتار لسلسی رال اگلتا سانپ....اس روز جو قلعہ والے گھر میں ڈی کے نے میری رانوں پر چھوایا تھا....وہ ڈی کے کا....؟؟میں اس وقت کچھ نہیں جانتی تھی نا....لیکن مجھے تو اب بھی بھنک نہیں تھی....ان گرم ،آوارہ لمسوں کا انکشاف مجھ پر اب تک کیوں نہ ہوا تھا؟''۔

منالی کو لگا کہ ایک رومانی قسم کی لڑکی سے وہ کس قسم کی چھوئی موئی میں تبدیل ہوگئی؟جسم کی ساری متحرک سلوٹیں،لہروں میں ڈوبے سارے زاویے،سرسراتی ادائیں یعنی مکمل وہ خود بے معنی ہوتی جا رہی ہے.سجل نے سوچا ہوگا کہ یہ اس کی حیا ہے،یہ چوری کے امرودوں کا لمس اسے بری طرح بدحواس کیوں کر گیا؟۔

''تم اتنی نروس کیوں ہو؟شروع میں اتنی رومانی اور ایڈونچرس ہو رہی تھیں''۔

''سجل!میں ڈر گئی''۔

''مجھ سے ڈر گئیں؟میں تو کچھ بھی زبردستی نہیں....''

"نہیں..وہ بات نہیں ہے، مجھے عجیب سا لگا وہ لمس ....پلیز مت پوچھنا....."

"ٹھیک ہے.....جب مرضی ہو بتا دینا"۔ وہ تسلی آمیز ڈھنگ سے مسکرایا، پھر وہ دونوں شاپنگ کے لئے نکل گئے۔

سجل کے واپس جانے کے بعد وہ اس رات سوئی ہی نہیں۔ اسے محسوس ہونے لگا جیسے ان لمحات کو اس نے تحت الشعور میں بار ہا بسر کیا تھا۔ بیتے بیس برس کی مار سے بے اثر رینگتا ہوا وہ لمس اس کے وجود میں کہاں کہاں کھوہ بنا چکا تھا۔ جاگتی ہوئی ادھیڑتی رہی اس رات کو.....اس کی پسلیوں میں قید خوفزدہ پرندہ جیسا اس کا من چیختا رہا "نہیں منو!....مت کریدو اندرون کو..."۔

آخر کار وہ رات بے پردہ ہوگئی۔

اس رات اس نے لاڈ سے لپٹا کر سلایا تھا۔ سب کچھ ٹھیک تو تھا۔ درمیانی رات تک اس کے ہاتھ میرے چھوٹے سے دھڑ کو لپیٹے ہوئے تھے۔ پتہ نہیں مجھے برا لگ رہا تھا یا ٹھیک یا اچھا... پتہ نہیں ... بالکل نہیں پتہ کہ یہ اچھی چیز ہے یا بری۔ البتہ اس کی تیز سانسیں مجھے ضرور ناگوار لگ رہی تھیں۔ پھر یادداشت ساتھ چھوڑ دیتی ہے۔ خیال ہاتھ تھام لیتا ہے۔ چھوٹی ہوئی کڑیوں کے منظر خود بخود لگانے لگتا ہے۔ پھر جھنجھلا کر میں ہار مان لیتی ہوں۔ نہیں ایسا نہیں تھا ڈی کے....محض خیال ہے...میرا تحت الشعور کچھ کا کچھ بُنتا ہے۔ کیونکہ پھر اور کبھی تو اس نے کبھی نہیں......وہ بظاہر ایسا نظر بھی نہیں آتا...بعد کے برسوں میں بھی کبھی کچھ ایسا نہیں......مگر اس دن آئینہ کے آگے...؟ غ....ل...ط..ف.....ہ....م....ی؟"

اسے یاد آرہا ہے....اس رات کچی نیند میں وہ بے خبری سے باخبری کے بیچ پھیلی خاموشی کو بھانپتی رہی تھی۔ اس وقت تک جب تک اس نے اپنا ہاتھ اس کے نچلے پیٹ پر لپیٹ دیا تھا۔ چھاتی پر رکھا کوئی تکیہ سا ڈھکیلا اس نے......سینے پر رکھے وزن کی وجہ سے برے خواب آرہے تھے کہ ایک بھوت ہاتھ کھینچ رہا ہے اور اس کا ہاتھ کسی گڈھے میں ڈال رہا ہے۔ تکیے میں بال کیوں تھے؟ یہ کیسے لمسوں کا زلزلہ تھا؟ اپنی دبلے پتلے چڑیا جیسے جسم کو وہ کسی گرفت میں پا کر پھڑ پھڑائی، پھر گہری نیند میں کسی کیڑے نے اس کے ہونٹ کاٹے؟ اس کی نیند میں پل بھر کے لئے ہوش داخل ہوا تو وہ اٹھ بیٹھی تھی۔ ڈی کے نے تھپتھپایا...سوجا....سوجا...ڈر گئی....سوجا۔ وہ سفید چادر اوڑھے تھا۔ وہ پلٹ کر ڈی کے سے دور کھسک کر، چادر پیر سے ہٹا کر پھر سوگئی۔ گہری نیند کے دہانے پر پہنچی تو تو گھات لگا کر لجلجا سانپ رینگا۔ ران سے مس ہوتا ہوا.... گیلی لکیر چھوڑتا ہوا...جانے کیا ہوا...وہیں مر گیا۔ کسی نے اس کی لاش اٹھا کر اندر کہیں سرکا دی۔ چڈی گیلی جب محسوس ہوئی تو اس وقت امرود پر چڑیاں بول رہی تھیں۔ صبح تک باتیں کرتے رہ گئے ستارے ٹم ٹم کر رہے تھے۔ ڈی کے اسے صاف کر رہا تھا۔

"تم نے بستر گیلا کیا"۔

منو بے حد شرمندہ۔

وہ دن اس کے اندرون میں الجھنوں، خساروں اور جھنجھلاہٹ کے ربر بینڈ لگے بنڈل کی طرح کسی دراز میں پڑا رہا ہے۔ پتہ نہیں یاد ہے کہ نہیں لیکن شاید لوٹتے وقت آوارہ اڑتی ہوئی مدھومکھی نے بھی مجھے کاٹ لیا تھا۔ اس لئے دو دن ہونٹ پر سوجن رہی تھی.....بخار بھی تھا۔

دوپہر، گھر کے باہر سائیکل پر بیٹھے بیٹھے اپنا پیر چبوترے پر جمائے ہوئے، اسے کمر سے پکڑ کر لال بلڈنگ کی دوسری سیڑھی پر اتارتے ہوئے منو کے ہونٹوں کی سوجن دیکھ کر ڈی کے نے یہی کہا تھا" تمہارے ہونٹ سوج گئے ننھے بچے۔ ممی کو بتانا مدھومکھی نے کاٹا ہے، لیکن بستر گیلا کرنے والی بات مت بتانا، جلدی سے جا کر دوسری چڈی پہن لینا"۔

''لیکن میری تتلی والی چڈی کہاں گئی ڈی کے انکل؟''۔ نہ جانے کیوں اسے یقین ہوگیا کہ اس پر بنی اڑتی تتلی اس نے مار کر فریم میں لگادی ہوگی۔

''تم نے گیلی کی، ہم نے پھینک دی''۔

''لیکن میں نے گیلی نہیں کی تھی''۔ سیڑھی پر کھڑے کھڑے روہانسی منو نے سوچا تھا کہ وہ تو سونے سے پہلے 'پی' کرنے گئی تھی۔ وہ ساتھ گیا تھا.... چھت کی کھلی نالی پر.... وہ ٹھیک سامنے کھڑا تھا.... پاپا کی طرح پلٹ کر نہیں۔

''چل اوپر جا''۔ ہمیشہ پیار سے بولنے والے ڈی کے کی آواز میں پیچھا چھڑانے والی پھٹکار منو نے محسوس کر لی تھی۔

''آپ اوپر چلو نا انکل!'' وہ کہتی تب تک سائیکل بڑھا کر وہ گلی میں مڑ گیا۔ دیواروں سے سٹ کر سانس سانس کے ساتھ سرکتے ہوئے اس نے سیڑھیاں پار کیں۔ دروازہ سے ہی پتہ چل گیا.... گھر میں ٹی وی دہاڑ رہا تھا، اس میں ہمت آئی اور وہ گھر میں داخل ہو گئی۔ بھاگ کر اپنی اور پنٹو کی الماری سے دوسری چڈی نکالی اور زمین پر بیٹھ کر پہن لی۔ تب ماں کے پاس کچن میں گئی۔ وہاں الائچی پڑی ہوئی کھیر کی مہک پھیلی تھی۔ وہاں اس کا جی بہل گیا۔

☆☆

ماں آفس سے آگئی ہے۔ بہت کم چائے پینے والی منالی نے پہلی بار دو کپ چائے بنا کر ٹیبل پر رکھ لی ہے۔ ایک مضبوط تمہید کے بعد منالی نے ان کو مخاطب کیا ''ممی! آپ سے بہت ضروری بات کرنی ہے''۔

وہ چونکی ہیں، کیونکہ بیس دن بعد شادی ہے۔ لڑکی کوئی دھماکہ تو نہیں کرنے جارہی؟ موڈی تو ہے ہی بچپن کی۔

''بولو''۔

''مجھے لگتا ہے ڈی کے نے بچپن میں میرے ساتھ کچھ کیا تھا''۔

''کب کی بات کر رہی ہو منالی؟''

''میری یادیں دھندلی ضرور ہیں لیکن وہ سچ ہے۔ جب ہم لال بلڈنگ میں رہتے تھے۔ نئے آئے تھے یہاں۔ وہ سائیکل پر بٹھا کر اپنے قلعہ والے گھر لے گیا تھا''۔

''اس وقت تو تم بچی تھیں''۔

''وہی تو کہہ رہی ہوں.... بچی تھی۔ بڑی ہوتی تو ایسا کر سکتا تھا وہ؟''

وہ ہلکا سا گھبرا کر پوچھ بیٹھیں ''ریپ.... جیسا کچھ؟''

''اس کو ریپ نہیں کہیں گے.... لیکن کچھ گندے ارادے والی گندی حرکتیں تھیں ممی، جو ریپ نہیں ہوتیں لیکن اس سے بھی زیادہ خطرناک....''۔

وہ حیرت زدہ ہوئیں۔ اسے امید تھی کہ ان کا چہرہ پیلا پڑے گا، وہ بدحواس ہوکر سر پکڑ لیں گی اور آئندہ اسے گھر نہ آنے کی ہدایت دیں گی۔ اس کی بیوی کو فون لگائیں گی، دس باتیں سنائیں گی۔ لیکن بنا چائے پئے ہوئے وہ دھم سے صوفے پر بیٹھ گئیں۔

''یہ مرد، سدھر نہیں سکتے'' کہہ کر وہ ساتھ لائے تھیلے سے ترکاریاں نکالنے لگیں۔

''لو پالک فریج میں رکھ دو۔ خراب....''

''تم کو پالک کی پڑی ہے؟''

''منو! تم یہ بات اب کیوں نکال رہی ہو؟ سالہا سال پرانی بیہودہ بات! تب تم نے کبھی نہیں کہا؟''

''کہا تھا ممی''۔ بچپن کے منو پن کی طرح وہ ہونٹ باہر نکال کر روہانسی ہو جانا چاہتی تھی، وہ بہت کچھ کہنا چاہتی تھی لیکن ماں کا پھیکا پڑتا چہرہ دیکھ کر بس اتنا کہا ''تب کہا تھا لیکن اس کے بعد مجھے یاد ہی آج آیا، آج ڈی کے جب آپ نہیں تھیں آیا تھا''۔

ممی سفید پڑ گئیں۔

''کیا؟ پھر؟''

’’نہیں ممی! آج ایسا کچھ نہیں کیا۔ ممی! میں سل کر آیا لہنگا پہن کر دیکھ رہی تھی، پنٹو باہر پودوں کو پانی دے رہا تھا۔ یہ بغیر اس سے کچھ بولے اندر میرے کمرہ میں آ گیا۔ شیشے کے سامنے آ کر اس نے کندھے پکڑے تو جانے کیوں مجھے بیس سال پہلے کا یہ واقعہ یاد آ گیا۔ میں نے اسے ڈانٹا، دھکا دیا اور دھمکایا ہے‘‘۔

’’منالی!‘‘ وہ میرے قریب آ گئیں، مجھے اپنی آغوش میں لے لیا، ہم کچھ دیر ایسے ہی چپ چاپ بیٹھے رہے، میں نے اپنا رونا ضبط کرنے کی حتی الامکان کوشش کی۔

’’تم نے جو کیا، ٹھیک کیا، کہو تو پاپا سے بات کروں؟ اس کی بیوی سے؟‘‘۔

’’نہیں ممی! اب بہت دیر ہو گئی ہے، میں نے کہہ دیا جو کہنا تھا، ہو سکتا ہے کہ وہ شادی میں نہ آئے‘‘۔

’’نہ آئے، ہماری بلا سے‘‘۔

لیکن ایسا کچھ نہیں ہوا۔ ڈی کے جیسے لوگ شرافت کا لبادہ بہت کس کر اوڑھتے ہیں، ساری معاشرتی سرگرمیاں نبھاتے بڑپن جتاتے ہیں۔ آپ کی شادی کے البموں میں اپنی سنجیدہ مسکراہٹوں کے ساتھ موجود رہتے ہیں۔ شادی میں موجود لہنگا پہن کر اسے گھٹنوں تک چڑھائے کھیلتی ہوئی چھوٹی لڑکیوں کو گود میں اٹھا کر گال آگے کر دیتے ہیں ’انکل کو کسّی !!‘۔ ایسے لوگ ہر گھر میں بہت سنجیدگی سے آتے جاتے رہیں گے۔

کیا کوئی سمجھ سکے گا کہ سوتے وقت گم ہوئی پہلی تتلی نے منو کا وجود منجمد کر دیا تھا۔ اس دن صبح اٹھنے تک کچھ تو تھا جسے وہ اس پسندیدہ چڈی کے ساتھ کھو چکی تھی۔ اب بھی منالی خود سے پوچھتی رہ جاتی ہے۔

’’میں اپنی یادوں کے بطن سے پھوٹنے والے سوالوں کا کیا کروں ؟ کیا میری پہلی تتلی والی پینٹی اب بھی اس کے پاس ہے؟‘‘

’’ہاں میرے پاس اب بھی ہے، میری ہوس کے فریم میں بند تتلی کے فریم کی طرح‘‘۔

اس کے تصور میں ڈی کے وہی چوری چھپے نیم شہوانی، نیم سنجیدہ مسکان کے ساتھ مسکراتا ہے۔

☆☆

نوٹ: منیشا کلشریشٹھ کی پیدائش 26 اگست 1967 کو جے پور راجستھان میں ہوئی۔ ان کی کہانیوں کے سات مجموعے اور پانچ ناول شائع ہو چکے ہیں۔ راجستھان کے ریگستانی علاقوں کی زندگی پر مبنی منیشا کلشریشٹھ کی معروف کہانی ’کٹھ پتلیاں‘ کا بارہ سے زائد زبانوں میں ترجمہ ہو چکا ہے۔ ان کا پہلا ناول ’شگاف‘ کشمیر پر جبکہ دوسرا ناول ’شال بھانجکا‘ آرٹ فلم میکر پر مبنی ہے۔ ناول ’ملکا‘ جدید ہندی ادب کے معمار بھارتیندو ہرشچندر کی محبوبہ پر مبنی ہے۔ منیشا کو راجستھان ساہتیہ اکادمی سے ’چندر دیو شرما پرسکار‘ کے علاوہ ’لمہی سمان‘ سے بھی سرفراز کیا جا چکا ہے۔ منیشا فی الحال دہلی میں مقیم ہیں

OOO

رینو بہل

افسانہ

''مجھے کیا بُرا تھا مرنا''

شام پانچ بجے وہ سج سنور کر پون کے لوٹنے کا انتظار کرنے لگی۔ اُس نے خاص پون کی پسند کی نیلے آسمانی رنگ کی سلک کی ساڑھی پہنی تھی۔ حالانکہ اُسے ساڑھی اچھے سے باندھنی بھی نہیں آتی تھی پھر بھی اُس نے اپنی نند کی مدد سے اُسے سلیقے سے پہنا تھا۔ بال سنوار کر بنائے تھے۔ میک اپ کی اُسے ضرورت ہی نہیں تھی۔ نکھری ہوئی سفید رنگت، بھرے بھرے گلابی رخسار، لال گلاب کی پنکھڑی جیسے نازک ہونٹ، کالی بڑی بڑی آنکھیں اور اُس پر کاجل کی لکیر، ماتھے پر بجی گول بندیا اور دونوں کلائیوں میں میچنگ نیلے آسمانی رنگ کی کانچ کی چوڑیاں۔

رما اپنی بھابھی کی خوبصورتی اور سادگی دیکھ کر دل ہی دل میں نہال ہو رہی تھی۔ کمی تھی تو بس ایک چیز کی۔ اس کے چہرے سے جذبات کے رنگ کبھی نظر نہیں آئے۔ چہرہ ہمیشہ سپاٹ ہوتا کورے کاغذ کی طرح۔ دو موٹی موٹی کالی دلکش آنکھیں بولتی نہ تھیں صرف اِدھر اُدھر سب نہارتی تھیں۔ کبھی کبھی ان آنکھوں میں خوف کی جھلک نظر آتی یا پھر شاید یہ احساسِ کمتری تھا۔

صبح کام پر جاتے وقت پون نے اُس سے کہا تھا'' شام کو تیار رہنا فلم دیکھنے چلیں گے''۔

اور وہ شام ہونے سے پہلے ہی گھر کے سب کام نبٹا کر تیار ہو گئی۔ انتظار کی گھڑیاں کاٹے سے نہیں کٹ رہی تھیں۔ کبھی وہ کمرے میں آ کر ٹی وی کے آگے بیٹھ جاتی تو کبھی ساس کے پاس جا بیٹھتی۔ شام کے سائے پھیل کر رات کے اندھیرے میں سمٹ گئے۔ آسمان پر چاند چمکنے لگا اور ستاروں کی محفل روشن ہو گئی مگر اس کا چاند نہ جانے کس بدلی میں چھپا تھا کہ آنے کا نام ہی نہیں لے رہا تھا۔ فلم شروع کیا اب تو ختم ہونے کا وقت آ گیا۔ ابھی وہ سوچ ہی رہی تھی کہ اُٹھ کر کپڑے بدل لے کہ ساس نے اپنے کمرے سے آواز لگائی:

''بہو اگر کھانا تیار ہو گیا ہو تو ہمارا کھانا لگا دے''۔

''جی اماں جی''۔

اتنا کہہ کر وہ اٹھی۔ آئینے کے سامنے جا کر کھڑی ہو گئی۔ اپنے عکس کو سراپا نہارا اور سوچنے لگی ''کتنی بدل گئی ہوں میں۔ کیا فائدہ اتنا سجنے سنورنے کا جس کے لئے اتنا ہار سنگھار کیا اُسی نے ہی نہ دیکھا''۔

بے قرار دل میں اُمڈتے سیلاب کو اُس نے رہا کر دیا اور آنکھوں کے ذریعے گلابی رخساروں کو بھگوتے ہوئے شبنم کے قطروں نے گنگا جمنا کا روپ لے لیا۔ سیلاب گزر گیا اور اُسے پُر سکون کر گیا۔ دل میں چھپی ہوئی ٹیس نے سر اُٹھا کر سرگوشی کی ''اگر تجھے اس روپ میں دھیرج دیکھتا تو پہنچان ہی نہ پاتا''۔ دوسرے ہی پل اُس نے ان خیالوں کو جھٹکا جس رشتے نے وجود میں آنے سے پہلے ہی دم توڑ دیا ہو، اُس کے بارے میں کیا سوچنا۔ وہ اٹھی کپڑے بدلے نیلی آسمانی چوڑیاں اتار کر رکھ دیں اور کام میں لگ گئی۔ جب تک پون گھر لوٹا وہ گھر کے سبھی کام نبٹا چکی تھی۔

گھر میں گھستے ہی پون نے میرا کا چہرہ پڑھنا چاہا تو پریشان ہو گیا۔ بیوی کے چہرے پر نہ کوئی گلہ نہ شکوہ نہ شکایت، نہ مایوسی نہ غصہ۔ چہرہ پُرسکون جیسے کچھ ہوا ہی نہ ہو۔ اُس کی جگہ کوئی دوسری عورت ہوتی تو شوہر کی اچھی خبر لیتی مگر وہ بالکل خاموش معمول کی طرح اس کے لیے پانی لے کر آئی اور آتے ہی پوچھا۔

''آج کام زیادہ تھا کیا؟''

''نہیں چھٹی تو وقت پر ہی ہوگئی مگر راستے میں چند پرانے دوست مل گئے اور بس کافی ہاؤس میں جا بیٹھے۔ گپ شپ میں ایسے مست ہوئے کہ وقت کا پتا ہی نہ چلا''۔ وہ دل ہی دل میں سوچنے لگا اب تو یہ سُن کر وہ بھڑک اٹھے گی، غصے میں لال پیلی ہو جائے گی مگر ایسا کچھ بھی نہیں ہوا اُس کے چہرے کے تاثرات جیسے پرسکون تھے ویسے ہی رہے اور وہ دل مسوس کر رہ گیا۔ میرا چاہ کر بھی شوہر سے کوئی گلہ نہ کر سکی۔

''کھانا لگا دوں''

''تم نے کھالیا؟''

''ابھی نہیں''

''تو تم کھا لو۔ میں کھا کر آیا ہوں''۔ اُس نے اپنی طرف سے ایک اور نشتر چھوڑا مگر وہ ''اچھا'' کہہ کر وہاں سے چلی گئی اور پون پیر پٹکتا ہوا کمرے کی طرف بڑھ گیا۔

وہ چاہتا تھا کہ اس کی بیوی بھی اُس پر اپنا حق جمائے۔ اُس سے شکایت کرے، گلہ کرے، لڑائی کرے، جھگڑا کرے۔ وہ جان بوجھ کر اسے اُکساتا تا ایسی ایسی حرکتیں کرتا کہ اُسے غصہ آ جائے اور جذبات کا ہر رنگ اُن کی زندگی میں گھل جائے تا کہ رشتہ اور مضبوط ہو سکے مگر وہ نہ جانے کس مٹی کی بنی تھی کہ اس پر اگر اثر ہوتا بھی ہوگا تو بھی وہ ظاہر نہیں کرتی تھی بس خاموش رہتی اور پون اُس کے چہرے پر سپاٹ کوراپن دیکھ کر اُکتا جاتا، ٹپٹانے لگتا۔ جیسے کسی نے اس کی انا کو چوٹ پہنچائی ہو، وار کیا ہو، زخمی کر دیا ہو۔

شام پانچ بجے وہ سج سنور کر پون کے لوٹنے کا انتظار کرنے لگی۔ اُس نے خاص پون کی پسند کی نیلے آسمانی رنگ کی سِلک کی ساڑھی پہنی تھی۔ حالانکہ اُسے ساڑھی اچھے سے باندھنی بھی نہیں آتی تھی پھر بھی اُس نے اپنی نند کی مدد سے اُسے سلیقے سے پہنا تھا۔ بال سنوار کر بنائے تھے۔ میک اپ کی اُسے ضرورت ہی نہیں تھی۔ نکھری ہوئی سفید رنگت، بھرے بھرے گلابی رخسار، لال گلاب کی پنکھڑی جیسے نازک ہونٹ، کالی بڑی بڑی آنکھیں اور اُس پر کاجل کی لکیر، ماتھے پر سجی گول بندیا اور دونوں کلائیوں میں میچنگ نیلے آسمانی رنگ کی کانچ کی چوڑیاں۔

رما اپنی بھابھی کی خوبصورتی اور سادگی دیکھ کر دل ہی دل میں نہال ہو رہی تھی۔ کمی تھی تو بس ایک چیز کی۔ اس کے چہرے سے جذبات کے رنگ کبھی نظر نہیں آئے۔ چہرہ ہمیشہ سپاٹ ہوتا کورے کاغذ کی طرح۔ دو موٹی موٹی کالی دلکش آنکھیں بولتی نہ تھیں صرف اِدھر اُدھر سب نہارتی تھیں۔ کبھی کبھی ان آنکھوں میں خوف کی جھلک نظر آتی یا پھر شاید یہ احساسِ کمتری تھا۔

صبح کام پر جاتے وقت پون نے اُس سے کہا تھا ''شام کو تیار رہنا فلم دیکھنے چلیں گے''۔

اور وہ شام ہونے سے پہلے ہی گھر کے سب کام نبٹا کر تیار ہوگئی۔ انتظار کی گھڑیاں کاٹے سے نہیں کٹ رہی تھیں۔ کبھی وہ کمرے میں آکر ٹی وی کے آگے بیٹھ جاتی تو کبھی ساس کے پاس جا بیٹھتی۔ شام کے سائے پھیل کر رات کے اندھیرے میں سمٹ گئے۔ آسمان پر چاند چمکنے لگا اور ستاروں کی محفل روشن ہوگئی مگر اس کا چاند نہ جانے کس بدلی میں چھپا تھا کہ آنے کا نام ہی نہیں لے رہا تھا۔ فلم شروع کیا اب تو ختم ہونے کا وقت آ گیا۔ ابھی وہ سوچ ہی رہی تھی کہ اُٹھ کر کپڑے بدل لے کہ ساس نے اپنے کمرے سے آواز لگائی:

''بہو اگر کھانا تیار ہو گیا ہو تو ہمارا کھانا لگا دے''۔

''جی اماں جی''۔

اتنا کہہ کر وہ اٹھی۔ آئینے کے سامنے جا کر کھڑی ہوگئی۔ اپنے عکس کو سراپا نہارا اور سوچنے لگی ''کتنی بدل گئی ہوں

میں۔ کیا فائدہ اتنا سجنے سنورنے کا جس کے لئے اتنا ہار سنگھار کیا اُسی نے ہی نہ دیکھا''۔

بے قرار دل میں اُمڈتے سیلاب کو اُس نے رہا کر دیا اور آنکھوں کے ذریعے گلابی رخساروں کو بھگوتے ہوئے شبنم کے قطروں نے گنگا جمنا کا روپ لے لیا۔ سیلاب گزر گیا اور اُسے پُر سکون کر گیا۔ دل میں چھپی ہوئی ٹیس نے سر اُٹھا کر سرگوشی کی ''اگر تجھے اس روپ میں دھیرج دیکھتا تو پہنچان ہی نہ پاتا''۔ دوسرے ہی پل اُس نے ان خیالوں کو جھٹکا جس رشتے نے وجود میں آنے سے پہلے ہی دم توڑ دیا ہو، اُس کے بارے میں کیا سوچنا۔ وہ اُٹھی کپڑے بدلے نیلی آسمانی چوڑیاں اتار کر رکھ دیں اور کام میں لگ گئی۔ جب تک پون گھر لوٹا وہ گھر کے سبھی کام نبٹا چکی تھی۔

گھر میں گھستے ہی پون نے میرا کا چہرہ پڑھنا چاہا تو پریشان ہو گیا۔ بیوی کے چہرے پر نہ کوئی گلہ نہ شکوہ نہ شکایت، نہ مایوسی نہ غصہ۔ چہرہ پُرسکون جیسے کچھ ہوا ہی نہ ہو۔ اُس کی جگہ کوئی دوسری عورت ہوتی تو شوہر کی اچھی خبر لیتی مگر وہ بالکل خاموش معمول کی طرح اس کے لیے پانی لے کر آئی اور آتے ہی پوچھا۔

''آج کام زیادہ تھا کیا؟''

''نہیں چھٹی تو وقت پر ہی ہوگئی مگر راستے میں چند پرانے دوست مل گئے اور بس کافی ہاؤس میں جا بیٹھے۔ گپ شپ میں ایسے مست ہوئے کہ وقت کا پتا ہی نہ چلا''۔ وہ دل ہی دل میں سوچنے لگا اب تو یہ سُن کر وہ بھڑک اٹھے گی، غصے میں لال پیلی ہو جائے گی مگر ایسا کچھ بھی نہیں ہوا اُس کے چہرے کے تاثرات جیسے پرسکون تھے ویسے ہی رہے اور وہ دل مسوس کر رہ گیا۔ میرا چاہ کر بھی شوہر سے کوئی گلہ نہ کر سکی۔

''کھانا لگا دوں''

''تم نے کھا لیا؟''

''ابھی نہیں''

''تو تم کھا لو۔ میں کھا کر آیا ہوں''۔ اُس نے اپنی طرف سے ایک اور نشتر چھوڑا مگر وہ ''اچھا'' کہہ کر وہاں سے چلی گئی اور پون پیر پٹکتا ہوا کمرے کی طرف بڑھ گیا۔

وہ چاہتا تھا کہ اس کی بیوی بھی اُس پر اپنا حق جمائے۔ اُس سے شکایت کرے، گلہ کرے، لڑائی کرے، جھگڑا کرے۔ وہ جان بوجھ کر اسے اُکساتا ایسی ایسی حرکتیں کرتا کہ اُسے غصہ آ جائے اور جذبات کا ہر رنگ اُن کی زندگی میں گُھل جائے تاکہ رشتہ اور مضبوط ہو سکے مگر وہ نہ جانے کس مٹی کی بنی تھی کہ اس پر اگر اثر ہوتا بھی ہوگا تو بھی وہ ظاہر نہیں کرتی تھی بس خاموش رہتی اور پون اُس کے چہرے پر سپاٹ کورا پن دیکھ کر اُکتا جاتا، سٹپٹانے لگتا۔ جیسے کسی نے اس کی انا کو چوٹ پہنچائی ہو، وار کیا ہو، زخمی کر دیا ہو۔

چھ مہینے پہلے شادی کے بعد جب وہ چار روز کے لئے نینی تال گھومنے گئے تو پون نے ہچکچاتے ہوئے نئی نویلی دلہن سے پوچھا:

''اگر تم اجازت دو تو میں دو پیگ لگا لوں۔ موسم بھی سہانا ہے اور پھر تم بھی ساتھ ہو تو شام اور رنگین ہو جائے گی۔''

''اس میں اجازت کی کیا بات ہے۔ اگر آپ کا دل کر رہا ہے تو ضرور لے لو۔ میرے بابا تو روز شام کو پیتے تھے۔''

اس نے سوچا تھا کہ اُس کی بیوی اُسے جھٹ سے منع کر دے گی اور کہے گی:

''آپ شراب کو ہاتھ بھی نہیں لگاؤ گے۔ میں آپ کے ساتھ ہوں تو موسم کا مزہ مل کر لیتے ہیں کسی نشے کی کیا ضرورت ہے؟''

یہ پہلا موقع تھا جب اُسے حیرت ہوئی تھی۔ اُس نے بھی ضد میں پہلا دوسرا، تیسرا اور پھر چوتھا پیگ پی ڈالا۔ وہ اطمینان

سے اس کے پاس بیٹھی رہی نہ روکا نہ ٹوکا۔ اُس نے سگریٹ سلگائی اور دھواں اُس کے چہرے پر چھوڑ دیا وہ پھر بھی خاموش رہی۔ آرام سے بیٹھ کر اپنے گاؤں کی باتیں سناتی رہی اسے یہ بھی محسوس نہیں ہوا کہ اُس کی باتیں پون سُن ہی نہیں رہا تھا وہ اکیلے ہی بولے جا رہی تھی۔

گھوم پھر کر جب وہ گھر لوٹے تو اُس نے ماں سے ملتے ہی اکیلے میں گلہ کر دیا۔

''میں نے اپنی زندگی کا ہر فیصلہ تم پر چھوڑا تھا ماں''۔

''میں نے کیا کوئی غلط فیصلہ کیا ہے؟'' ماں نے حیرت سے پوچھا۔

''اس بار غلط ہے''۔

''کیا مطلب؟''

''آپ کی میرا ویسی نہیں جیسی مجھے چاہیے تھی''۔

''لڑکی خوبصورت ہے، سمجھدار ہے، بڑوں کی عزت کرتی ہے چھوٹوں سے پیار کرتی ہے۔اور کیا چاہیے تجھے؟''

''سب ٹھیک ہے مگر مجھے جیتی جاگتی جذبات اور احساسات سے پُر عورت چاہیے کوئی موم کی گڑیا نہیں''۔

اتنا کہہ کر وہ کمرے سے باہر نکل گیا اور ماں اُس کی بات سمجھنے میں اُلجھ گئی۔

وہ ہمت نہیں ہارا۔ شاید نئی نویلی دلہن شرماتی ہوگی، گھبراتی ہوگی۔ شاید وقت کے ساتھ سب ٹھیک ہو جائے۔ ہو سکتا ہے وہ ایک الگ ماحول سے آئی ہے اسی لئے ہر بات کا فرق ہے۔ اسے شہر کی لڑکیوں کی طرح، اٹھنے بیٹھنے، کھانے پینے اور بات کرنے کا سلیقہ بھی نہیں آتا تھا۔ وہ ایک جنگلی پھول کی مانند تھی جو قدرت کے صاف شفاف ماحول اور حسین وادیوں میں پروان چڑھی اور اپنی مہک سے اپنے اردگرد کو متاثر کیا۔ اس پھول کو ایک گلدان میں لگا کر سجا دیا تو پھول کا کیا قصور۔ دھیرے دھیرے وہ پھول شہر کی آلودہ فضا میں مُرجھانے لگا اور اپنی مہک کھونے لگا۔

پون نے کئی پینترے آزمائے کہ وہ اُس کی کسوٹی پر کھری اُترے مگر ہر بار ناکام ہی رہا۔ سال بھر میں وہ جان گیا کہ اُس کی بیوی ایک خوبصورت گڑیا سے زیادہ کچھ بھی نہیں۔ چہرہ خوبصورت دل صاف مگر بے سلیقہ۔ وہ اسے اپنے ساتھ دعوتوں، محفلوں ہوٹلوں میں لے جانے سے کترانے لگا اور میرا نے بھی گھر کی چار دیواری قبول کر لی۔ ساس اور نند کی جی توڑ محنت کا اثر اتنا ہوا کہ بظاہر تو اس میں تبدیلی آ گئی ڈھنگ کے کپڑے پہننے کا سلیقہ آ گیا مگر شہر کی ماڈرن لڑکیوں کے طور طریقے نہ سیکھ سکی۔ گھر گرہستی کا سارا بوجھ اس نے اپنے ذمہ لے لیا۔ گھر کے ہر فرد کی ضرورتوں کا خیال رکھتی۔ ساس کو زمین پر پیر نہیں رکھنے دیتی تھی۔ کبھی اُس نے زبان نہیں چلائی، ماتھے پر کسی نے شکن نہیں دیکھی پھر اسی بہو سے کوئی خوش نہ ہوتا مگر جب بھی ماں بہو کی تعریف کرتی تو وہ جل کر رہ جاتا اور کڑواہٹ بھرے لہجے میں کچھ نہ کچھ تو کہہ ڈالتا:

''آپ کو اچھی بہو ملی آپ خوش رہو۔ مجھے تو بیوی چاہیے تھی خادمہ نہیں۔نصیب اپنا اپنا''۔

بیٹے کی باتوں میں چھپی مایوسی اور طنز ماں کو بے چین اور پریشاں کر دیتا۔ کچھ لوگ وقت اور ماحول کے ساتھ خود بخود بدل جاتے ہیں اور کچھ ایسے بھی ہوتے ہیں جو لاکھ کوششوں کے باوجود ویسے کے ویسے ہی رہتے ہیں۔ میرا بھی اُن میں سے ایک تھی۔ گھر پر سب کو خوش رکھنے کے فراق میں اُس نے اپنی ہستی کو ہی بھلا دیا۔ جس شوہر کو دن کے اجالے میں اس میں سینکڑوں عیب نظر آتے تھے وہی رات کی تنہائی میں سب دُوریاں مٹا کر اپنی پیاس بجھانے اُسی کنویں پر جاتا۔ مگر کنویں نے کبھی حقارت کا جواب نفرت سے نہیں دیا۔ پیاس مٹتے ہی اُسے چھپے ہوئے عیب پھر نظر آنے لگتے۔

سب کی نظروں میں وہ بے چاری بن کر رہ گئی۔ شوہر کی اتنی خدمت کے باوجود اُس کی محبت حاصل نہ ہو سکی۔

بے چاری کا خطاب اُسے شادی کے بعد ملا تھا۔ ماں تو اُسے پیار سے نصیبو کہا کرتی تھی۔ پہاڑوں میں پیچھے ایک چھوٹے سے گاؤں چوپال میں اس کا جنم ہوا۔ باپ کے سیب اور چیری کے باغ تھے۔ میرا کے پیدا ہوتے ہی ایک عرصے سے لٹکا زمین کا جھگڑا سلجھ گیا اور کھوئی ہوئی زمین حاصل کرنے میں وہ کامیاب ہو گیا۔ وہ اُسے پیار سے لکشمی بھی کہتا تھا اُس کا ماننا تھا کہ بیٹی کے قدم پڑتے ہی گھر میں خوشحالی آ گئی۔ پھر جب اس کے بعد ایک کے بعد ایک دو لڑکوں نے جنم لیا تو ماں نے اُسے نصیب والی کا خطاب دے دیا۔ جب اُسے بیٹی پر زیادہ لاڈ آتا تو اُسے ''نصیبو'' کہہ کر پکارتی۔ جس سال سیب اور چیری کی فصل اچھی ہوتی گھر میں لہر بہر ہو جاتی اور جس سال موسم کا یا قدرت کا قہر برپا ہوتا، ماں گھر گرہستی کا خرچ سوچ سمجھ کر بڑے سلیقے سے کرتی۔ اُس کی کوشش ہوتی کہ کہیں بھی بچوں کو کسی چیز کی کمی نہ ہو پھر بھی تنگ دستی کی حالت خود بخود عیاں ہو جاتی۔ باپ کے چہرے کی رونق اُن کے جاندار قہقہے، ان کی بھری جیب کا اعلان کر دیتے اور اگر شام ڈھلے وہ شراب کے نشے میں چُور لڑکھڑاتے قدموں سے گھر میں قدم رکھتے اور ماں کے کوسنے شروع ہو جاتے تو اسے خبر ہو جاتی کہ باپ کی جیب خالی ہے۔ ماں کو اُن کے شراب پینے پر اعتراض نہیں تھا یہ تو گاؤں کے مردوں کا ایک اہم شغل تھا۔ شام ڈھلے کبھی تیکھی سردی سے بچنے کو کبھی میٹھی سردی کا مزہ لینے کے لئے اس کا سہارا لیتے۔ ماں کہتی شراب پینی ہے تو حساب کی پیو اور گھر بیٹھ کر پیو تاکہ رات کے اندھیرے میں سڑکوں اور کھائی میں گرنے اور آوارہ کتوں سے منہ چٹوانے سے تو بہتر ہے۔ ماں لڑتی جھگڑتی رہی مگر اُس کا باپ اپنی من مانی کرتا رہا۔

پون نے یہ عادت بنالی تھی کہ دفتر سے وہ دوستوں کے ساتھ گھوم پھر کر رات کو ہی لوٹتا اور اکثر شراب کے نشے میں چُور۔ شادی سے پہلے تو وہ صرف خاص موقعے پر ہی شراب کو ہاتھ لگاتا تھا۔ شادی کے بعد دھیرے دھیرے یہ اُس کی عادت بن گئی۔ بیوہ ماں نے اُسے جب بھی سمجھانا چاہا تو بیٹے نے ماں کے سر ہی الزام دھر مارا۔ اُس نے کون سا اپنے بیٹے یا اپنے خاندان کا بُرا چاہا تھا وہ تو اپنے کسی رشتے دار کی شادی میں شامل ہونے گئی تو اُس کی نظر اس تازہ کھلی کلی پر ٹھہر گئی جو بھیڑ میں سب سے الگ لگ رہی تھی۔ اُس لڑکی کی سادگی، اس کا ٹھہراؤ اُس کی خوبصورتی اُسے پسند آئی۔ وہ جتنے دن وہاں رہی اُس کی نظر میں اُس لڑکی کو تولتی اور ٹٹولتی رہی۔ پھر اُس نے اُس ہیرے کو اپنی تجوری میں رکھنے کا فیصلہ کر لیا۔ بیٹے نے سب فیصلہ ماں پر چھوڑ دیا تھا اور جب اُس نے میرا کے ماں باپ سے اُس کا ہاتھ مانگا تو وہ چونک اُٹھے۔ باپ اتنی دُور بیٹی بیاہنا نہیں چاہتا تھا۔ ماں کو ڈر تھا کہ بیٹی شہر کے طور طریقے اور بڑے گھروں کے رہن سہن سے ناواقف ہے۔ جب اُس نے اپنے دل میں اٹھنے والے اندیشے ظاہر کئے تو پون کی ماں نے بات ہنس کے ٹال دی۔

''یہ کون سی بڑی بات ہے۔ لڑکی پڑھی لکھی ہے خود کو بدل لے گی۔ ہم کون سا اس شہر میں پیدا ہوئے ہیں۔ میں بھی تو چھوٹی جگہ سے آئی ہوں مگر حالات کے ساتھ خود کو بدلا ہے۔ آپ اس کی فکر نہ کریں۔ یہ سب آپ بے فکر ہو کر مجھ پر چھوڑ دیں۔ آپ کی بیٹی راج کرے گی راج''۔

کسی نے میرا سے اُس کی مرضی نہیں پوچھی اور چار دنوں میں وہ شادی کے بندھن میں بندھ گئی۔ اب بے چاری کیسے بتائے ماں باپ کو کہ وہ گھر کی رانی تو ہے گھر کا ہر کام اُس کی مرضی سے ہوتا ہے مگر اس کا راجا اُس سے دور دور رہتا ہے۔ صرف قریب اپنی ضرورت پوری کرنے ہی آتا ہے۔

جب میرا بہو، بیوی سے ماں بنی تو اُس کے دل میں ایک اُمید نے جنم لیا کہ شاید یہ کڑی اُن دونوں کے بیچ کی دُوریاں مٹا دے۔ رشتے تو مضبوط نہ ہو سکے پر اتنا ضرور ہوا کہ پون کو یہ بندھن توڑنے کا ارادہ ترک کر دینا پڑا۔ اس نے بھی حالات سے سمجھوتہ کرلیا اور اس رشتے کو اپنی لاڈلی کی خاطر قبول کرلیا۔ میرا نے بچی کو جنم دینے کا سکھ تو حاصل کرلیا پر بیٹی کے نام سے لے کر اُس کی پرورش کے ہر اہم فیصلے پر اُس کا کوئی حق نہ تھا۔ پون نے اُس کا نام نینا رکھا اور اُس نے یہ طے کرلیا کہ اب وہ اپنا سارا وقت نینا کو ہی دیگا۔ ہر بچہ گھر سے اور خاص طور سے اپنی ماں سے زندگی کے طور طریقے سیکھتا ہے۔ کہیں بیٹی بھی ماں جیسی ہی نہ بن جائے، اس ڈر سے اُس نے یہ فیصلہ کیا۔ زمانے کے طور طریقے سکھانے کے لئے اُس نے شہر کے سب سے اچھے سکول میں نینا کا داخلہ کروایا۔ اُس وقت اُسے یہ احساس نہیں ہوا کہ ماں بیٹی کے بیچ فاصلہ بڑھ جائے گا۔ جس گھر میں عورت کی عزت اُس کا مرد نہیں کرتا وہاں اس کی عزت اُس کی اولاد بھی نہیں کرتی۔ نینا نے جب ہوش سنبھالا تو اُسے اپنی دوستوں کی پڑھی لکھی ماڈرن ماؤں سے مل کر بہت مایوسی ہوئی۔ مایوسی سے زیادہ کمتری کا احساس اتنا بڑھ گیا کہ اُسے اپنی سہیلیوں کو اپنے گھر بلانے میں شرم محسوس ہونے لگی۔ ماں اگر کبھی اُسے کسی بات پر ڈانٹ دیتی تو باپ بیٹی کے سامنے ہی میرا کو ڈپٹ دیتا۔ اور اگر وہ خود نہ ڈانٹ کر پون کو بیٹی کی گستاخیوں سے آگاہ کرانا چاہتی تو اُسے الٹے چار باتیں سُننا پڑتیں۔ اُن دونوں کے لیے اس کا وجود صرف اس قدر محدود تھا کہ وہ ان کے ہر کام آرام سے کر کے دیتی تھی۔

ساس کے گزر جانے اور نند کی شادی کے بعد وہ اپنے ہی گھر میں بالکل تنہا ہوگئی۔

اتنے سالوں میں وہ صرف دو بار ہی میکے گئی ایک شادی کے بعد اور دوسرے جب نینا چار سال کی تھی۔ ہر سال گرمیوں کی چھٹیوں میں وہ سوچتی میکے جائے گی مگر نینا جانے کو تیار ہی نہ ہوتی۔

''اتنی بور جگہ ہے مجھے اپنی چھٹیاں خراب نہیں کرنی۔ آپ اکیلے چلے جاؤ میں پاپا کے پاس رہ لوں گی''۔

بچی کو اکیلے چھوڑ کر وہ کیسے جاتی۔ دھیرے دھیرے میکے والوں سے صرف فون ہی رابطے کا ذریعہ رہ گیا۔

گھر کی چار دیواری اور اُس کے اندر پھیلتا سُنا پن اُسے دیمک کی طرح چاٹنے لگا اور وہ ڈپریشن کا شکار ہوتی چلی گئی۔ ایک روز وہ اس قدر ٹوٹی کہ بستر ہی پکڑ لیا۔ شادی کے سولہ سال وہ اپنے شوہر اور اس گھر کی خدمت میں اتنی مصروف رہی کہ اُس نے انہیں ہی اپنی دنیا بنا لیا اور آج جب وہ خود بستر پر لگ گئی تو باپ بیٹی کے ہاتھ پیر پھولنے لگے۔ ان دونوں نے تو کبھی خود کے لئے بھی پانی کا گلاس نہ اُٹھایا تھا تو وہ اس کی تیمارداری کیسے کرتے مجبوراً اُس کے میکے والوں کو فون کیا گیا اور وہ سنتے ہی بیٹی کو اپنے ساتھ لے گئے۔ ڈاکٹروں کا بھی مشورہ تھا کہ آب و ہوا کا بدلاؤ اُس کے لیے ضروری ہے پھر چوپال سے بہتر کون سی جگہ ہوسکتی تھی۔

ایک مدّت بعد وہ اپنے گھر لوٹی تھی۔ وہی اونچے اونچے پہاڑ، وہی چیل اور دیودار کے درخت، وہی دوپہر کی میٹھی میٹھی دھوپ، وہی شام کی چلچلاتی ٹھنڈی ہوا، وہی تازہ فضا وہی کھلا آسمان اور وہی سیدھے سادے لوگ۔ کچھ بھی تو نہیں بدلا تھا مگر وہ اس زمین سے کیا بچھڑی، وہ تو خود سے بھی جدا ہوگئی۔ پُرانے سنگھی ساتھی کچھ تو وہی تھے اور باقی اس کی طرح بہترین زندگی کی خواہش میں اپنی جڑوں سے بہت دُور نکل گئے تھے۔ اس نے کبھی پلٹ کر نہیں دیکھا پھر اُسے کون یاد رکھتا۔ ایک ساتھی باقی بچی تھی۔ وہ جب بھی آتی ماضی کے جھرنکوں کی کھڑکی کا پٹ دھڑ سے کھول دیتی۔ بچپن اور جوانی کی کھٹی میٹھی باتیں تنہائی میں چپکے سے

آ کر اُسے اُداس کر جاتی تھیں، جس نے قسم کھائی تھی کہ میرا کے کبھی روبرو نہ ہوگا اگر اتفاقاً کہیں مل بھی جائے تو اجنبی بن کر راستہ بدل لے گا، وہ بھی اس کی بیماری کی خبر سُن کر سب گلے شکوے بھول کر اُس سے ملنے چلا آیا۔ دھیرج وہی سرکاری سکول میں پڑھاتا تھا۔ بچپن سے ہی میرا کو چاہتا تھا دونوں نے ایک ساتھ کھیل کُود کر لڑ جھگڑ کر ہنستے روتے جوانی کی دہلیز پر قدم رکھا تھا۔ اس نے کبھی اپنے جذبات کو لفظوں میں ظاہر کرنے کی ضرورت ہی نہیں سمجھی اور میرا ان کہی خواہشوں کو سمجھ نہ سکی۔ میرا کی جھٹ منگنی اور پٹ بیاہ نے اُسے توڑ دیا۔ اس نے کبھی سوچا بھی نہ تھا کہ اتنی جلدی اُن کا ساتھ چھوٹ جائے گا۔ دل کی دل میں ہی دب کر رہ گئی۔ سب سے اپنا پیار چھپا کر وہ زندگی میں بڑھتا گیا۔ ماں باپ کی لاکھ کوششوں کے باوجود ان کی شادی کی تجویز ٹالتا رہا۔ بڑی پُرسکون زندگی بسر کر رہا تھا کہ میرا کی آمد اور اُس کی ناساز طبیعت نے ایک بار پھر سوئے ہوئے خوابوں کی ٹیس سے آشنا کر دیا۔ وہ یہ سوچ کر گیا تھا کہ اُسے دیکھ کر اُس سے مل کر وہ کھِل اُٹھے گی، خوشی سے اُچھل پڑے گی۔ پھر وہ دونوں مل کر گزرے دنوں کی باتیں یاد کر کے بچپن میں لوٹ جائیں گے۔ مگر اُسے دیکھ کر مل کر اُسے بڑی مایوسی ہوئی۔ میرا کے زرد چہرے پر نہ ہی مسکراہٹ آئی اور نہ ہی ویران اداس آنکھوں میں خوشی کی چمک نظر آئی۔ اُس کے روم روم سے یاس، نااُمیدی، ٹیس، ٹوٹے خوابوں کی کسک اور زخمی ہوئے جذبات چھپائے سے بھی نہیں چھپ رہے تھے۔ رسمی گفتگوں کے بعد وہ جلد ہی دوبارہ آنے کا وعدہ کر کے بوجھل من سے وہاں سے چلا آیا۔ اس کی حالت دیکھ کر خود کو کوستا رہا کہ وہ اتنے سال دل میں رنجش کیوں پال کر بیٹھا تھا۔ وہ بے چاری تو خود سے لڑائی لڑتے بکھر گئی تھی، ٹوٹ گئی تھی۔

دھیرج کا بس چلتا تو میرا کے پاس سے ہی نہ اُٹھتا مگر لوک لاج کے مارے دوسرے تیسرے دن میرا کو ملنے آ جاتا۔ اس کی کوشش ہوتی کہ وہ اُسے باتوں میں ایسے بہلائے کہ وہ اپنے دل پر پڑے غبار کو اُتار پھینکے۔ ماں باپ، دونوں بھائی اُس کے آگے پیچھے گھومتے مگر اکیلے پن کا احساس اُس کے اندر سے کم نہیں ہو رہا تھا۔ سب کے ہوتے وہ خود کو تنہا سمجھتی۔ دھیرج کو اپنے لئے پریشان دیکھتی تو ان دیکھے خواب چپکے سے اُس کی آنکھوں میں لوٹ آتے اور بیتے دنوں کو ڈھونڈنے لگتے۔ دل ہی دل میں اُسے یہ بات کھائے جا رہی تھی کہ جن کے لئے خود کو بھلا دیا وہ میرے اپنے ہیں اور وہ ہی اپنے اُسے بھلائے بیٹھے ہیں۔ اُن کے لئے وہ رات رات بھر جاگی تھی۔ ہمیشہ ان کی سلامتی کی دُعائیں مانگتی اُنھیں دیکھ کر وہ جیتی رہی اور اُنہیں اپنوں نے اس کا ساتھ چھوڑ دیا۔ تیمارداری تو دُور کبھی خبر تک نہ لی۔ اُس کا حال جاننے کی زحمت تک نہ کی۔ ہر صبح وہ ایک آس لئے اُٹھتی کہ شاید آج فون آ جائے۔ شاید بیٹی کو اُس کی یاد آ جائے یا شاید پون بھولے سے اُسے یاد کر لے اور دن ڈھلتے ہی مایوسی کا اندھیرا اور گہرا ہو جاتا اور دھیرے دھیرے وہ ان اندھیروں میں ڈوبتی چلی گئی۔ زبان نے چُپ اختیار کر لی اور لبوں سے ہنسی چُرا لی۔ مسکراہٹ نہ جانے کن خلاؤں میں گُم ہوگئی اور کڑواہٹ نے وجود کو جلانا شروع کر دیا۔ بھوک ختم ہوگئی تو جسم بے جان تھکا تھکا نڈھال سا رہنے لگا۔ اپنوں کے بے رُخی، بے قدری، بے نیازی کا گُھن لگ گیا جو اُسے اندر ہی اندر دن بہ دن کھوکھلا کئے جا رہا تھا۔ ڈاکٹروں کی ہر کوشش ناکام ہو رہی تھی اُن کا کہنا تھا کہ:

''ہم علاج کر سکتے ہیں مگر مریض کے اندر جینے کی خواہش کو زندہ نہیں کر سکتے۔ یہ سب تو آپ لوگ ہی کر سکتے ہیں''۔

بیٹی کی بگڑتی حالت دیکھ کر ماں باپ کا کلیجہ منہ کو آ جاتا۔ بیٹی سے چھپ چھپ کر آنسو بہاتے اور کوشش کرتے کہ

اُس کے اردگرد کا ماحول خوشگوار ہو۔ یون کو اُس کی گرتی حالت سے آگاہ کرنا چاہا تو میرا نے اپنی قسم دے کر منع کر دیا:

''بابا میں دیکھنا چاہتی ہوں کب تک اُن کو میری یاد نہیں آتی۔ یاد نہ بھی آئے کیا میری کبھی ضرورت بھی نہ پڑے گی؟''

''بیٹی یہ آزمائش چھوڑ دے۔ کبھی کبھی ان آزمائشوں میں رشتے کھو جاتے ہیں''۔

''بچا ہی کیا ہے بابا۔ دیکھنا چاہتی ہوں میں نے اتنے سالوں میں کیا کمایا''۔

''یہ ضد چھوڑ دے بیٹی۔ اپنی قسم واپس لے لے''۔

''یہ ضد نہیں ہے بابا۔ ایک چھوٹی سی خواہش ہے۔ بس اور کچھ بھی نہیں''۔

انھیں مجبوراً اُس کی خواہش کا احترام کرنا پڑا۔

ادھر کچھ دن تو یون خوشی خوشی گھر کی دیکھ بھال کی ذمہ داری نبھاتا رہا۔ صبح سے شام تک گھر سنبھالنے والی، کھانا پکانے والی آرام سے مل گئی اور خود وہ آزاد پرندے کی طرح بے فکر ہو گیا۔ گھر پر موجود جوان ہوتی بیٹی کو بھی جب آزادی راس آنے لگی تو اُسے یہ آزادی کھٹکنے لگی۔ نوکرانی کے ہاتھ کے بنے کھانے میں وہ ذائقہ نہ تھا جو میرا کے کھانے میں ملتا تھا۔ بیٹی کی ذمہ داری کا بوجھ بڑھنے لگا تو اُسے میرا کی غیر موجودگی کھلنے لگی۔ میرا کے ہوتے ہوئے کسی چیز کی فکر نہ تھی۔ اُس کی زندگی کی ہر فکر ہر ذمہ داری ہر غم میرا نے اپنے سر لے رکھے تھے۔ پھر بھی کبھی اُس نے اُف تک نہ کی۔ نہ کبھی اس نے روکھے برتاؤ کا شکوہ کیا نہ محرومیوں کا کوئی گلہ کیا، نہ کبھی کوئی فرمائش کی نہ کسی بات کی شکایت۔ وہ سوچتا تھا روٹی کپڑا دے کر وہ اس کی سبھی ضرورتیں پوری کر دیتا ہے۔

اب اُسے احساس ہوا کہ وہ بھی کچھ خواہشیں، کچھ ارمان کچھ تمنائیں، آرزوئیں کچھ خواب لے کر اس گھر میں آئی ہوگی۔ اُس نے بھی اپنے جیون ساتھی کو لے کر کچھ سپنے سجائے ہونگے۔ وہ بھی تو ریزہ ریزہ بکھر گئے ہونگے۔ وہ پھر بھی اس کی ضرورتوں کو پورا کرتی رہی چاہے وہ ذاتی ہو، گھریلو ہوں یا پھر جسمانی۔ وہ تو صرف اپنے ٹوٹے ارمانوں کو لے کر روتا رہا۔ اپنے سے باہر ہی نہیں نکلا اور نہ میرا کی قربانی، اُس کا پیار، اس کی سچائی کو سمجھ سکا۔ اس نے تو ماں بیٹی کے رشتے کو بھی پنپنے نہیں دیا۔ نہ خود اس کی عزت کی اور نہ ہی بیٹی کو ماں کے وجود کو نظر انداز کرنے کے لئے ڈانٹا بلکہ وہ اسے ہوا دیتا رہا۔ اپنی ہی نظروں میں وہ مجرم بن گیا اور جیسے جیسے احساسِ گناہ بڑھتا گیا میرا سے ملنے کی تڑپ بھی بڑھتی گئی۔ ان تین مہینوں میں اس نے ایک بار بھی اپنی بیوی سے بات نہیں کی تھی بس رسماً گھر والوں سے ایک دو مرتبہ حال دریافت کر لیا۔ اب وہ اس کے پاس جائے تو کس منہ سے جائے۔ اُداسی کے بادل بڑھنے لگے تو دل میں مایوسی چھانے لگی۔ مزاج میں چڑچڑاپن آ گیا۔ دل تو چاہتا تھا کہ اس کیفیت سے نجات پالے مگر انا بیچ میں آ جاتی۔ راستہ سامنے تھا منزل دکھائی دے رہی تھی پر قدم اس قدر بوجھل ہو گئے کہ اُٹھائے سے بھی نہیں اُٹھ رہے تھے۔ نینا کو لے کر بھی وہ پریشان تھا۔ اب اسے لگتا تھا کہ اس نے بیٹی کو کچھ زیادہ ہی آزادی دے رکھی ہے یہ عمر تو نا سمجھ ہے اس عمر میں اکثر پیر لڑکھڑا جاتے ہیں۔ آج تک وہ میرا کی باتیں ان سنی کرتا رہا مگر اب وقت آ گیا ہے کہ وہ تھوڑی سختی برتے اور اسے زندگی کی اونچ نیچ سے آگاہ کرے۔ یہ کام تو ماں کا ہے اور ماں کے ہوتے ہوئے بھی یہ فرض باپ کو نبھانا پڑے کتنے افسوس کی بات ہے۔ ایسی ہی الجھنوں میں وہ مبتلا رہنے لگا۔ اُس کی یہ کیفیت دیکھ کر یار دوستوں کے لئے وہ رحم کا مرکز بن گیا۔ دفتر کے فرائض بھی وہ اچھے سے نہیں نبھا پا رہا تھا۔ ایک روز طبیعت کچھ ناسازی محسوس ہوئی تو وہ جلدی چھٹی کر کے گھر

آ گیا۔ گاڑی ابھی پارک ہی کی تھی کہ کانوں میں زور زور سے music کی آوازیں سنائی دیں۔ یہ آوازیں اُسی کے گھر سے آ رہی تھیں۔ اس نے قدم اندر رکھا تو دیکھ کر حیران رہ گیا کہ نینا اپنے چند دوستوں کے ساتھ جن میں لڑکیاں بھی تھیں اور لڑکے بھی رقص کرنے میں اتنے مشغول تھے کہ اُنھیں اپنے بکھرتے جسموں کا بھی ہوش نہ تھا۔ اُنھیں اُس کی آمد کا احساس بھی نہ ہوا۔ وہ خاموش کھڑا پہلے دیکھتا رہا پھر غصّے سے بڑھ کر music بند کر دیا۔ سب کے تھرکتے جسم یکدم رُک گئے۔ نینا نے دیکھا اور لپک کر اُس کی طرف بڑھی۔

''پاپا آپ جلدی آ گئے؟ آیئے میں آپ کو اپنے دوستوں سے ملواتی ہوں''

اُن کے چہرے کے تاثرات اور غصّے کو نظر انداز کئے وہ اُن سب سے ملانے لگی۔

''نینا تم سب کو دروازے تک چھوڑ کر ابھی اسی وقت میرے کمرے میں آؤ ضروری کام ہے۔''

''مگر پاپا۔۔۔''

بِنا کچھ کہنے سُنے وہ کمرے سے باہر نکل گیا۔

اس سے پہلے نینا نے اپنے پاپا کو اس طرح پریشان اور غصّے میں نہیں دیکھا تھا۔ وہ بھی جلد ہی سب کو رخصت کر کے اس کے پاس چلی آئی۔

''تم اپنا بیگ پیک کر لو کل صبح ہم نکل رہے ہیں''

''کہاں کے لئے؟''

''چوپال تمہاری ماں کو لینے جانا ہے۔ ابھی وقت زیادہ ہو چکا ہے سفر لمبا ہے اس لئے صبح سویرے ہی نکلنا ہے''۔

اس سے زیادہ کچھ پوچھنے کی اس کی ہمت ہی نہ ہوئی۔

پشمانی کے باعث اُسے کسی پہلو چین وقرار نصیب نہیں ہو رہا تھا۔ صبح کے انتظار میں وہ کروٹیں بدلتا رہا اور ماضی کے اوراق آنکھوں میں پلٹتے رہے۔ نہ جانے رات کے کس پہر آنکھ لگی تھی کہ دروازے پر زور زور کی دستک سے وہ ہڑبڑا کر اُٹھ بیٹھا۔ دروازہ کھولا تو سامنے میرا کھڑی تھی۔

''تم اس وقت؟ ساتھ کون آیا ہے؟'' اس نے باہر جھانک کر دیکھا تو سڑک بالکل ویران سُنسان تھی۔ سردی کی وجہ سے باہر دُھند بھی چھائی ہوئی تھی اور گلی کے کُتّے بھی کہیں دُبکے ہوئے تھے۔

''آپ تو بھول ہی گئے مجھے؟'' گلہ کرتے ہوئے وہ گھر میں داخل ہوگئی۔

''تمہاری طبیعت تو ابھی بھی ٹھیک نہیں لگ رہی''۔ اس نے میرا کا چہرہ غور سے دیکھتے ہوئے محسوس کیا کہ وہ ابھی بھی زرد ہے۔ آنکھیں تھکی تھکی اُداس۔

''تم آئی کیسے ہو۔ ساتھ کوئی نہیں آیا؟'' اُس نے پھر حیرت سے پوچھا۔

''کمال کرتے ہو اپنے گھر آئی ہوں۔ کسی کے ساتھ کی کیا ضرورت۔'' وہ آرام سے صوفے پر بیٹھ گئی اور یون بھی اس کے پہلو میں جا بیٹھا۔ اُس کا ہاتھ ہاتھوں میں تھام لیا۔

''کتنے ٹھنڈے ہو رہے ہیں''۔ وہ اُس کے ہاتھ رگڑ کر گرمی پہنچانے کی کوشش کرنے لگا۔

''رہنے دو ٹھیک ہو جائیں گے۔ کیسے ہو آپ؟''

''سوچا نہ تھا کہ تمہارے بنا زندگی عذاب بن جائے گی اچھا کیا جو تم لوٹ آئیں۔ اب اپنا گھر سنبھالو''۔

''تم نے تو کبھی بھولے سے بھی یاد نہ کیا''۔ پہلی بار اُس نے گلہ کیا۔

''میری شرمندگی مجھے تمہارے پاس آنے سے روکتی

رہی۔ یقین مانو کل صبح ہی چلنے والے تھے تمہیں لینے۔ دیکھو سامان تیار پڑا ہے''۔اس نے سامان کی طرف اشارہ کرتے ہوئے کہا۔

وہ دھیرے سے مسکرادی۔

''نینا کیسی ہے؟ سورہی ہے کیا؟''

''بہت ضرورت ہے اُسے تمہاری۔ نادان ہے۔ اب تم آ گئی ہوتو مجھے فکر کوئی نہیں''۔

''بہت تھک گئی ہوں۔ نینا کے پاس جا کر آرام کرنا چاہتی ہوں''۔ یہ کہہ کر وہ اُٹھی اور نینا کے کمرے کی طرف بڑھ گئی۔

''نینا کو اٹھالو''۔

''نہیں نہیں سونے دو اُسے۔ میں بھی اس کے ساتھ سو جاتی ہوں''۔ وہ بھی اُس کے ساتھ نینا کے کمرے میں آ گیا۔ نینا آرام سے سورہی تھی۔ میرا نے پیار سے اُس کے سر پر ہاتھ پھیرا۔ جُھک کر اُس کا ماتھا چوما اور اس کے ساتھ اُس کی رضائی میں ہی گُھس گئی۔

پون نے ''گڈ نائیٹ'' کہتے ہوئے بتی بجھا دی۔ اور اپنے کمرے کی طرف طرف چلا گیا۔

بستر پر لیٹ کر اُس نے چین کی سانس لی۔

میرا کے لوٹ آنے سے دل پر پڑے بوجھ سے راحت ملی تھی۔

ابھی نیند کا جھونکا آیا بھی نہ تھا کہ فون کی گھنٹی بج اُٹھی۔ اُس نے بتی جلا کر دیکھا رات کے تین بج رہے تھے۔

''ہیلو''

''پون بیٹا میں بابا بول رہا ہوں''۔

''کیسے ہیں آپ؟''

''اگر ہو سکے تو صبح یہاں چلے آؤ۔ اس بدنصیب کو کاندھا دینے''۔ڈوبی ہوئی آواز اُس کے کانوں میں پڑی۔

''کس کی بات کر رہے ہیں آپ؟''

''آدھا گھنٹا پہلے وہ ہم سب کو چھوڑ گئی۔ بہت انتظار کیا اُس نے تمہارا''۔

یہ سنتے ہی فون اس کے ہاتھوں سے چھوٹ گیا اور چہرہ پسینے سے شرابور ہو گیا۔ وہ نینا کے کمرے کی طرف لپکا۔ نینا اکیلی بستر پر معصوم بچے کی طرح نیند میں مسکرا رہی تھی جیسے ابھی ابھی ماں نے پیار سے سہلا کر لوری دے کر سلایا ہو۔

چادر کی سلوٹیں بتا رہی تھی کہ ابھی ابھی کوئی وہاں سے اٹھا ہے۔

OOO

افسانہ

اسداللہ شریف

گتھی

پوجا وشال کے لئے ایک معمہ بن کر رہ گئی تھی۔ایک ایسی پہیلی جسے وہ سمجھ نہیں پارہا تھا۔پوجا کا عجیب سا رویّہ .....روکھا انداز.......نرالی باتیں اکثر وشال کو ناگوار لگتیں......لیکن وہ اس پیاری سی ،موہنی صورت والی لڑکی سے ملے بغیر بھی نہ رہ سکتا تھا۔ پوجا کی دوستی اُس کے لئے ایک نشہ بن گئی تھی۔پوجا تھی بھی ایسی ....خوش رُو،خوش رنگ.....سانچے میں ڈھلا کومل سا بدن۔مانو نسوانیت کی کوئی مورت ہے۔پر نہ جانے کیوں پوجا کو اپنی نسوانیت سے ہی چڑ تھی۔اپنے عورت ہونے کا دکھ تھا۔جیسے بنانے والے نے اُسے عورت بنا کر اُس پر ظلم کیا ہو۔وہ بارہا اُسکے روبرو یہ جملہ دہرا چکی تھی۔''کاش مَیں عورت نہ ہوکر مرد ہوتی۔''

وشال بس اُسے ایک ٹک دیکھ کر رہ جاتا۔وہ سمجھ نہیں پارہا تھا کہ یہ کیسی عورت ہے جو مرد بننا چاہتی ہے۔جبکہ مرد اُسکی کوکھ سے ہی جنم لیتا ہے۔آخر وہ عورت کی عظمت کو کیوں نکارنا چاہتی ہے جبکہ عورت تو وہ دھرتی ہے جسکے سوتوں سے محبت کے چشمے پھوٹتے ہیں۔جسکے دھنک رنگوں سے کائنات میں رنگ بھرتے ہیں۔جو روپ بدل بدل کر انسانیت کی سیوا میں لگی رہتی ہے۔آخر ایک عورت کو اپنے عورت پن سے نفرت کیوں؟؟

ایک شام آفس کے کینٹین (Canteen) میں چائے پیتے سمے وشال نے اُس سے پوچھ ہی لیا۔''پوجا تمہیں عورت ہونے سے اتنی نفرت کیوں ہے؟'' سوال بجلی کی طرح اُس پر گرا تھا۔اُس کی پیشانی پر بل پڑ گئے اور آنکھیں سکڑ کر چھوٹی ہوگئیں۔جیسے وشال نے کئی ٹن وزنی سوال اُسکے ذہن پر لاد دیا ہو۔کچھ پل یونہی گزر گئے۔پھر وہ ایک پھیکی مسکراہٹ کے ساتھ بولی۔''کسی دن بتاؤں گی۔'' پھر وہ ایک جھٹکے سے اُٹھی اور کچھ بتائے بغیر چلدی۔کینٹین کے باہر کھڑی اپنی اسکوٹر اسٹارٹ کی اور فرّاٹے بھرتی ہوئی چلی گئی۔

پوجا کی ایسی ہی باتیں وشال کو بُری طرح کھٹکتی تھیں........اُس کا اکھڑا اکھڑا پن.....روکھا روکھا انداز......کبھی کبھی بے مرّوتی سے پیش آنا۔آفس میں کتنے لڑکے تھے جو اُس کی ایک نظر کے لئے تڑپتے........کتنی لڑکیاں اُس سے قریب تر ہونا چاہتیں،اُس سے دوستی کرنا چاہتیں........پر وہ کسی کو لفٹ ہی نہیں دیتی تھی۔یہاں تک کے لوگ اُسے گھمنڈی سمجھنے لگے تھے پر اُسے اس کی بھی پرواہ نہیں تھی۔ان سب باتوں کو لے کر وشال کو لگتا تھا کہ پوجا کی شخصیت میں کوئی ایک گانٹھ ہے...ذہن میں کہیں ایک گرہ لگی ہوئی ہے جس کا کوئی سرا نظر نہیں آرہا۔وشال تو چاہتا تھا کہ وہ پوجا کے خیالات کا تعاقب کرتے ہوئے اُسکے ذہن تک رسائی حاصل کرے۔اُس کے باطن میں جھانک کر دیکھے۔پر پوجا تو ایک ایسی بند مٹھی تھی جو زور لگانے پر کھل نہ پاتی۔اُس نے اپنے اطراف ایک فولادی خول بنالیا تھا۔ایک ایسی فصیل جسے کوئی پار نہ کر سکے۔

دوسرے دن پوجا آفس آئی تو سب کی نظریں اُسکا طواف کرنے لگیں۔وشال نے بھی اُسے ایک ٹک دیکھا اور اپنی نظریں نیچی جھکالیں۔وہ ایکدم سے ویسٹرن کپڑے زیب تن کئے ہوئے تھی........چست جینز جو گھٹنوں تک چڑھی ہوئی تھی....بدن سے چمٹا ہوا سلیولیس ٹی شرٹ۔کپڑے جہاں اُسکے حسن کو دوآتشہ کئے ہوئے تھے وہیں اُسکے جوبن کے اُتار چڑھاؤ کو بھی نمایاں کررہے تھے۔لڑکیوں نے اُسے نگاہ بھر دیکھا اور پھر نگاہوں ہی نگاہوں میں اُس اجنتا کی مورت کو سلامی دیتے ہوئے اپنے اپنے کام میں جٹ گئیں۔لڑکوں کی بات ہی اور تھی.....اُن کے تو سٹّی ہی گم ہوگئی

تھی۔ایک دو نے تو ہولے سروں میں سیٹی بھی بجائی تھی۔ وہ اپنی ہوس زدہ نگاہیں لئے کھا جانے والی نظروں سے زاویے بدل بدل کر پوجا کو گھورے جا رہے تھے۔وشال کو اپنے ہی محلّہ کی قصاب کی دکان کا منظر یاد آ گیا۔ جہاں گلی کے آوارہ کتّے اکھٹے ہلکے سروں میں غُرّاتے ہوئے دکان میں لٹکے گوشت کو للچائی نظروں سے گھورتے ہیں...اس تاک میں رہتے ہیں کہ کب قصاب ایک بیکار سی ہڈی یا گوشت کا ہلکا سا لوتھڑا اُن کی جانب پھینکے اور وہ اُسے حاصل کرنے ایک دوسرے پر سبقت لے جائیں۔

وشال کو سماج میں بڑھتی ہوئی اخلاقی گراوٹ کی فکر ہونے لگی۔اُسے تو اپنے گاؤں کے راحیلہ آنٹی کی یاد آ گئی جو اپنے بیٹے مجید کے ساتھ اُسے بھی یہ درس دیا کرتی کہ عورت سے بات کرو بھی تو نیچی نگاہ رکھ کر۔وہ کہتی ''بیٹا استری کا کسی بھی طرح کا اپمان پاپ ہے اور یہ کہ نفس پر نظم وضبط ہی آدمی کو انسان بناتا ہے۔''

لنچ کے وقفہ میں حسب معمول پوجا ڈائننگ ٹیبل پر اُسکی سامنے والی کُرسی پر آ کر بیٹھ گئی۔اُسکا لال گلال چہرہ دیکھ کر وشال کو اندازہ ہو گیا تھا کہ وہ کافی غصّہ میں ہے۔اُس نے اپنا ٹفن بکس بیاگ سے نکالا اور ٹیبل پر پٹخ دیا۔پھر وشال کی طرف خونخوار نظروں سے دیکھتے ہوئے بولی۔''دیکھا تُم نے ان کُتوں کے پلّوں کو.....کیسے آوازیں کستے ہیں.....سیٹی بجاتے ہیں۔ان ندیدوں کو عورت میں طوائف یا رنڈی کے سوا کچھ نظر نہیں آتا۔''اُسکی آنکھوں سے آنسو اُبل پڑ رہے تھے۔

''شانت ہو جاؤ.........کھانا کھالو۔'' وشال اُسے دلاسہ دینا چاہا۔

اُسکی بات کو نظر انداز کرتے ہوئے وہ بولی۔''کل کے تمہارے سوال کا جواب تمہیں مل گیا ہوگا۔مَیں آج تمہیں یہی دکھانا چاہتی تھی'' تھوڑے توقف کے بعد وہ پھر کہنے لگی۔''مجھے اپنے عورت پن سے نہیں مرد کی اس فطرت سے نفرت ہے.....اس کی اس جبلت سے نفرت ہے۔'' پھر وہ ایکدم سے شانت ہو گئی، کھانا کھایا اور اُٹھتے ہوئے بولی''مَیں آدھے دن کی چھٹی پر گھر جا رہی ہوں۔'' تھوڑی دیر تک وشال وہیں پر بیٹھا سوچتا رہ گیا کہ آخر وہ کیا سماجی، اخلاقی اور نفسیاتی عوامل ہیں جس کے زیر اثر مرد عورت کی نظر میں اس قدر گر جاتا ہے کہ وہ اُسے کُتے کا پلّہ، کمینہ یا ندیدہ کہہ سکے۔

اگلے دن پوجا روز کی طرح مشرقی لباس میں ملبوس تھی.........ڈھیلا ڈھالا چوڑی دار، سینہ ڈھانپتا ہوا ڈوپٹہ۔شام کینٹین میں چائے پیتے سمے وشال کو پوجا کا موڈ خوشگوار نظر آیا۔وہ اپنے سینے میں دبا ہوا ایک سوال پوجا سے پوچھ ہی لیا۔''پوجا تمہیں تو مردوں کی فطرت سے نفرت ہے۔پھر مجھ سے دوستی؟'' پوجا کھلکھلا کر ہنس پڑی اور پھر ہنسی روکتے ہوئے کہا۔''تم مرد ہی کہاں ہو۔'' اور پھر ہنسنے لگی۔وشال کو پوجا کا یوں کھلکھلا کر ہنس پڑنا اچھا لگا۔وشال ایک پل کے لئے سوچنے لگا کاش پوجا یونہی ہنستی رہے اور یہ مدھر بھرا سنگیت فضاؤں میں بکھرتا رہے۔اُسے لگا کہ اگر یہ معصوم پیاری سی لڑکی کی بند مٹھی کھل جائے تو وہ ایک بہتر دوست اور ساتھی ثابت ہو سکتی ہے۔اچانک پوجا سیریس ہو کر بولی''تُم ایک بہت اچھے انسان ہو وشال۔''

دن یونہی گزرتے رہے۔وشال اور پوجا کی دوستی کینٹین کی ٹیبل اور چائے پر رسمی گفتگو تک ہی محدود رہی۔ ایک دن....وشال نے ہمّت جُٹا کر پوجا سے پوچھا۔''تمہارے گھر میں کون کون رہتا ہے پوجا؟''

''کیوں.....'' پوجا کی پیشانی پر شکن ابھر آئے۔

وشال بڑے اطمینان سے بولا۔''ارے بھئی...دوست مانا ہے تو کچھ اپنے بارے میں کہو..کچھ ہمارے بارے میں سنو۔''

وہ مسکرائی۔بولی۔''اپنے بارے میں کہو۔''

''بھئی...مَیں تو یہاں اکیلا رہتا ہوں......اسی آفس کے قریب

ایک کمرا لے رکھا ہے۔اسی میں رہتا ہوں.........بڑی مشکل سے کھانا بنانے والا کام انجام دے پاتا ہوں۔یہ دیکھو کئی جگہ سے میرے ہاتھوں پر آبلے آچکے ہیں۔'' وہ اپنے ہاتھ پوجا کے سامنے کرتا ہوا بولا۔پوجا ہنس پڑی۔وشال اپنی جیب سے موبایل نکالتے ہوئے بولا۔'' آؤ مَیں تمہیں اپنے ممی پاپا کی تصویر دکھاؤں جو گاؤں میں رہتے ہیں۔'' پھر وہ پوجا کے قریب ہوتے ہوئے بولا۔'' ٹھہرو۔پہلے ایک سیلفی لیتے ہیں۔''

اُس نے پوجا کے ساتھ ایک سیلفی لی اور پھر گیلری کھولتے ہوئے وہ اپنے ممی پاپا کی تصویر پوجا کو دکھانے لگا۔پوجا تصویر دیکھتے ہوئے بولی۔'' تمہاری ممی تو بہت ہی خوبصورت ہیں اور پاپا بھی شاندار۔''وشال گردن اکڑاتے ہوئے بولا۔'' میرے پاپا تو ریٹائرڈ ملٹری مین ہیں ....'' پھر تھوڑے توقف کے بعد بولا۔''میری ممی بہت اچھی ہے ....تم ملوگی نا تو بہت خوش ہوگی ......ممی پاپا چاہتے ہیں کہ مَیں اپنا گھر بسالوں۔''

''تو بسالونا'' وہ رواداری میں بول پڑی۔

وشال اُسکی آنکھوں میں آنکھیں ڈال کر معنی خیز انداز میں بولا۔''کوئی لڑکی مجھے پسند بھی تو کرے۔''

پوجا کے چہرے پر سرخی کی ایک ہلکی سی لہر دوڑ گئی۔اُسکی پلکیں آہستہ آہستہ گرنے لگیں اور پھر گردن بھی جھک گئی۔وشال کو ایک انجانی خوشی کا احساس ہوا۔ایک پل کے لئے اُسے لگا کہ اُسکے پنکھ لگ گئے ہیں اور وہ ہواؤں میں اُڑ رہا ہے۔کچھ لمحے یونہی گزر گئے۔پھر وشال نے بات کا رُخ بدلتے ہوئے بولا۔''اب تم اپنی بتاؤ۔گھر میں کون کون رہتا ہے؟''

پوجا اُداس نظروں سے وشال کو دیکھتے ہوئے دھیمی آواز میں بولی۔''اس بھری دنیا میں میرا کوئی نہیں ہے.....سوائے ایک موسی کے جو مجھے جھیلتی رہتی ہے.....بیچاری!......میری عمر کوئی نو سال کی رہی ہوگی ایک ایکسیڈنٹ میں میرے ممی پاپا کا دیہانت ہوگیا۔نو سال میری زندگی کا منحوس سال تھا.....'' پوجا کی آواز رندھیا گئی اور اُسکی آنکھوں میں آنسو جھلملانے لگے۔اور پھر وہ ایک دم سے انجان خیالوں میں کھو گئی۔کسی بُت کی طرح ساکت.....نظریں ٹیبل پر رکھے ہوئے ایک خالی گلاس پر ٹکی تھیں۔وشال کو افسوس ہونے لگا۔اُس نے انجانے میں پوجا کے دکھتے تار چھیڑ دئے تھے۔

وشال سے پوجا کی یہ اُداسی دیکھی نہ گئی۔اُس نے اپنا ہاتھ اُسکے ہاتھ پر رکھ کر کہا۔''سوری پوجا...مجھے تمہاری اس ٹریجڈی کا پتہ نہیں تھا۔''

''کوئی بات نہیں وشال۔'' وہ پھیکی مسکراہٹ کے ساتھ بولی اور پھر اپنے گالوں پر لڑھکتے ہوئے آنسوؤں کو پونچھتے ہوئے وہ جانے کے لئے اُٹھ کھڑی ہوگئی۔

وشال کو پوجا پر ترس آنے لگا۔یہ لڑکی اپنے دامن میں دکھ کے کانٹے سمیٹے ہوئے ہے۔ماں کی ممتا اور باپ کی شفقت سے محروم اس لڑکی میں کچھ تو کرواہٹ ہوگی ہی۔اُسکا من کرنے لگا کہ کسی طرح وہ پوجا کی ساری کرواہٹ، اُسکے سارے دکھ اپنے سر لے لے اور بدلہ میں اُسکے اندر اتنی خوشی بھر دے کہ وہ نہال ہو جائے۔

دوسرے دن لنچ کے وقفہ میں وشال پوجا کو غور سے دیکھتے ہوئے بولا۔''پوجا ایک بات کہوں.....یہ بلیو کلر کا ڈریس تم پر بہت نچ رہا ہے...بڑا فرحت بخش رنگ ہے۔''

''اچھا جناب کو رنگوں میں بھی جانکاری ہے......مَیں نے یہ ڈریس موسی کے اصرار پر پہنا ہے۔'' وہ ٹفن کھولتے ہوئے بولی۔

''ارے ہاں.....ایک بات تو بتانا ہی بھول گیا۔مَیں نے ہماری وہ سیلفی ممی کو بھیجی تھی۔تمہیں دیکھ کر ممی بہت خوش ہوگئی.....اتنی خوش کہ ممی پاپا دونوں اس ویک اینڈ یہاں آرہے ہیں۔وہ تُم سے ملنا چاہتے ہیں...اور موسی سے بھی۔'' وشال سب کچھ ایک ہی سانس میں کہہ گیا۔

شاید پوجا وشال کے باتوں میں چھپا مفہوم سمجھ گئی تھی۔ اُسکا چہرہ ایکدم سے گلابی ہوگیا۔ چمچ پکڑی ہوئی انگلیاں تھرتھرانے لگیں۔ نظریں نیچی جھکی ہوئی تھیں۔ وشال اُسکی اس کیفیت سے محظوظ ہوتے ہوئے بولا۔ ''ممی تمہیں اپنے ساتھ لے جانا چاہتی ہیں۔'' پوجا کے گالوں کی لالی کچھ اور گہری ہوگئی، شرم کے مارے گردن اٹھنے کا نام نہیں لے رہی تھی۔ اُس دن پوجا جلدی سے اپنا کام نپٹا کر 'بائی' کہتی ہوئی گھر چلی گئی۔ چائے کے لئے بھی نہیں ٹھہری تھی۔

اگلے دو تین دن پوجا آفس نہیں آئی۔ وشال کو تشویش ہونے لگی...... کیا بات ہوسکتی ہے؟ اُس نے پوجا کے موبائل پر فون کیا... ناٹ ریچیبل...... واٹس اپ دیکھا.. آن لائن آئے کئی دن ہوگئے تھے۔ ویسے بھی اُسے سوشیل میڈیا میں دلچسپی ہی نہیں تھی۔ میسج کیا...... جواب ندارد۔ وشال کو کچھ نہ سوجھا تو آفس سے پوجا کے گھر کا اڈریس لئے اُسکے گھر پہنچ گیا۔ لیکن...... دروازہ پر تالا لگا ہوا تھا۔ پڑوسیوں سے پتہ چلا وہ قریب ہی کے ایک ہاسپٹل میں ایڈمٹ ہے۔ وشال کا دل بے تحاشہ دھڑکنے لگا........ کیا ہوا پوجا کو؟ کہیں کچھ........ طرح طرح کے خیالات پریشان کرنے لگے۔ وہ بھاگا بھاگا اسپتال پہونچا۔ پوجا آئی۔سی۔یو۔ میں زندگی اور موت کی جنگ لڑ رہی تھی۔ وشال کی آنکھیں بھر آئیں۔

موسی آئی۔سی۔یو۔ کے باہر بیٹھی ہوئی تھی..... اُداس....... سفید ساری میں ملبوس۔ جب وشال کو پتہ چلا کہ یہی موسی ہے تو وہ اُس کے پاس والی کرسی پر بیٹھ گیا اور بولا۔ ''موسی.... مَیں پوجا کا دوست ہوں وشال۔''

''اوہ... وشال.. اچھا ہوا تم آگئے .... بیٹا پوجا تمہارا ذکر کرتے نہ تھکتی تھی۔ شاید تم ہی اُسکے ایک واحد دوست ہو.......'' موسی کی آنکھوں میں چمک اور چہرے پر ایک توانائی سی آگئی تھی۔

''پوجا کو کیا ہوا موسی؟'' وشال کی سوالیہ نظریں موسی پر ٹکی ہوئی تھیں۔

''پگلی نے خودکشی کی کوشش کی ہے۔'' موسی نے ایک سرد آہ بھر کر کہا۔

''خودکشی؟ مگر کیوں....؟'' وشال پر حیرت کا پہاڑ ٹوٹ پڑا۔

''ڈپریشن بیٹا.... ڈپریشن۔ وہ ایک عرصہ سے اس بیماری سے جوجھ رہی تھی۔ نہ جانے کیوں دو چار دن سے اُس نے دوائی کھانا ہی چھوڑ دیا تھا۔ بیٹا وہ تمہارا بہت ذکر کیا کرتی... دل کی گہرائیوں سے وہ تمہیں چاہنے لگی تھی...... لیکن.. وہ بڑی بھاوک لڑکی ہے ..... نہیں چاہتی کہ تم اسکی زندگی میں آؤ...'' موسی کی آنکھیں بھر آئیں۔

''یہ کیا بات ہوئی موسی؟'' وشال بولا۔ ''آخر یہ کیا گتھی ہے .... وہ مجھ سے شادی کیوں نہیں کرنا چاہتی۔''

موسی کو خاموش دیکھ کر وشال اصرار کرنے لگا۔ ''بتایئے نا موسی۔''

''بتاتی ہوں بیٹا۔ تمہیں سب کچھ بتاتی ہوں۔'' موسی نے بولنا شروع کیا۔ ''پوجا کوئی نو سال کی تھی........... اُسکے ماتا پتا کی موت کے بعد مَیں اُسے اپنے گاؤں لے آئی۔ میرا گھر گاؤں کے ایک خستہ حال محلّہ میں تھا۔ مَیں بیوہ تھی۔ مجھے اپنے ساتھ پوجا کی بھی پرورش کرنی تھی، اُسے پڑھانا تھا.... مَیں چار پانچ گھروں میں کام کرنے لگی۔ اُس دن پوجا کے چھٹی تھی۔ وہ ہوم ورک کرنے میں لگی رہی۔ وہ بہت دنوں سے ایک گڑیا کی فرمائش کر رہی تھی۔ مَیں کام سے واپسی پر اُسکے لئے ایک گڑیا اور کچھ ٹافیاں لئے گھر پہونچی۔ گھر کے اندر داخل ہونے والی ہی تھی کہ اندر سے ایک بوڑھا دھوتی سنبھالتا ہوا باہر نکلا اور مجھے دیکھتے ہی ایک طرف بھاگ نکلا۔ میرا ماتھا ٹھنکا۔ اندر جھانک کر دیکھا... پوجا کی کتابیں اور اُن کے پھٹے ہوئے اوراق سوکھے پتوں کی طرح اِدھر اُدھر بکھرے پڑے تھے..... اور پوجا... خون میں لت پت بیہوش فرش پر چت پڑی ہوئی تھی........

OOO

افسانہ

نورالحسنین

زندہ در گور

ایک عجیب سی تنہائی تھی جیسے وہ زندہ در گور ہو گئے ہوں ، نہ کوئی پُرسان حال تھا۔ نہ کوئی انسانی آواز سنائی دیتی تھی۔ اُنھوں نے اپنے موبائیل کی طرف دیکھا ، اُس کا اسکرین بھی سیاہ تھا اور شاید وہ بھی اُن ہی کی طرح تنہا ہو چکا تھا۔ اُنھوں نے اُسے آن کیا اور بٹن دبا کر کان ٹیکس Cuntacts کا پیج دیکھا ، جانے والی کالس Calls سے وہ بھرا ہوا تھا لیکن آنے والی کسی کال کا اُس میں اندراج نہیں تھا۔ اُنھوں نے اُس پر سے اپنی نظریں پھیر لیں۔ بیڈ سے لٹکی ہوئی اپنی ٹانگوں کو اوپر کھینچا اور گھٹنوں کو اوپر اُٹھایا ، اپنے دونوں ہاتھوں کے گھیرے میں اُنھیں کس لیا اور اپنی گردن جھکا دی ۔ گردن کو جھکانا ہی تھا کہ جیسے اُن کے دماغ کا بٹن آن ہو گیا۔ کیا وقت آ گیا ہے۔ ورنہ یہی شہر تھا ، کیسی گہما گہمی رہتی تھی کہ کان پڑی آواز سنائی نہ دیتی تھی۔ سڑکوں پر بھاگتی دوڑتی موٹروں کا ریلہ رُکنے کا نام نہ لیتا تھا۔ بیچ بیچ میں آٹو والے اور موٹر سائیکل سوار الگ رش کرتے اور فٹ پاتھ پر پیدل چلنے والے انسان ، دھکا بکّی کھاتے آگے بڑھتے نظر آتے تھے ، لیکن اب تو سب کچھ سنسان ہو گیا ہے۔ گھروں کے دروازے کھڑکیاں تک بند ہیں گویا فرعون کی بستی میں عذاب اُتر آیا ہے کہ جو بھی باہر نکلے گا موت اُسے دبوچ لے گی۔

منیر الدین نے گھٹنوں سے گردن اوپر اُٹھائی اور اپنے اطرف کا جائزہ لینے لگے۔ سوشیل ڈسٹنس Social distance کے حساب سے مریضوں کے بیڈ لگے ہوئے تھے وہ سب ایک دوسرے سے اُتنے ہی ان سوشیل Un social تھے اور اپنے اپنے خداؤں کو یاد کر رہے تھے۔ کسی ڈاکٹر یا نرس کا پتہ نہیں تھا۔ اُنھوں نے ایک بار پھر اپنے موبائیل کو ہاتھوں میں اُٹھایا اور اُسے چیک کرنے لگے کہیں یہ سائلنٹ موڈ Silent mood پر تو نہیں چلا گیا ، لیکن ایسا کچھ نہیں ہوا تھا۔ اُنھوں نے پھر ایک بار اُسے تکیے کے پاس رکھ دیا۔ اُن کا ذہن پھر ایک بار سوچنے لگا تھا اور کیسی کیسی تصویریں سامنے گردش کرنے لگی تھیں۔ جن میں بیٹوں کے ساتھ ہی ساتھ عزیز و اقاریب ، دوست احباب ، ملنے جلنے والے ، کاروباری رابطہ رکھنے والے ، گاہک ، مسجد میں ساتھ نمازیں پڑھنے والے ساتھی ، اُن کی دکان اور گھریلو ملازم اُن کا اپنا بھرا پورا گھر دونوں بیٹے ، بہویں ، تین پوتیاں ایک پوتا گھر کے سامنے بڑا سا لوکھنڈی دروازہ اور اُس کے سلاخوں کے گیپ سے جھانکتا ہوا ٹائیگر ، جس کی زبان جبڑے سے باہر نکلی ہوئی رہتی تھی ۔ اُن سب میں ایک ٹائیگر ہی تو تھا جس سے اُنھیں سخت نفرت تھی۔ جس وقت ایک پلّے کی صورت اُسے اُن کے بیٹے نے گھر میں لایا تھا تو وہ اُسی وقت سخت برہم ہو گئے تھے کہ اس نجس جانور کو کیوں لایا ہے۔ یہ گھر میں رہے گا تو فرشتے گھر میں نہیں آئیں گے۔ کتے کے پلے نے اُنھیں محبت بھری نظروں سے دیکھا تھا ، اسے واپس کر دے ۔ اُنھوں نے اُس کی محبت بھری نظروں سے اپنی نظریں ہٹا کر بیٹے کی طرف دیکھا تھا تو اُنھیں جواب ملا تھا ، یہ گھر میں نہیں گیٹ کے پاس ہی رہے گا۔

منیر الدین صوم وصلواۃ کے پابند ، نہایت ہمدرد اور شریف انسان تھے۔ اونچا پورا قد صحت مند جسم ، اُن کے چہرے پر شرعی داڑھی ، اور لبوں پر ہمیشہ مسکراہٹ کھیلتی رہتی ، نہایت خوش مزاج طبیعت ، لمبا سفید کرتا ، ٹخنوں سے اوپر پاجامہ۔ سر پر دو پلی ٹوپی ، گھر سے دکان پر جانے کے لیے جب بھی وہ ورانڈے میں آتے کتا دم ہلاتے ہوئے اُن کی طرف دوڑتا ہوا آتا اور وہ اُسے جھڑک دیتے اور وہ زمین پر بیٹھ کر دم ہلانے لگتا تھا اور وہ بے

نیازی سے پھاٹک کھول کر جیسے ہی باہر نکلتے۔آداب سلام کا سلسلہ شروع ہوجاتا اور وہ تیز تیز قدم اُٹھانے لگتے۔قریب ہی اُن کی کرانے کی بڑی سی دکان تھی، جس پر گاہکوں کا ہمیشہ رش رہتا تھا ۔

''یہ انڈہ کھالو۔۔۔'' اُن کے سامنے پورے حفاظتی ڈریس میں ملبوس نرس کھڑی تھی اور انڈے کی پلیٹ اُن کے بیڈ پر رکھ دی گئی تھی ۔اُنھوں نے نرس کی طرف دیکھا تو وہ بولی،''اس کے بعد یہ گولیاں کھالینا۔دستانہ پہنے ہوئے ہاتھ سے گولیاں اُن کی ہتھیلی پر گریں اور دوسرے ہی لمحے نرس اگلے بیڈ کی طرف بڑھ گئی۔

اب دن بھر کوئی نہیں آئے گا اور میرے کان انسانی آواز سننے کے لیے ترس جائیں گے۔اُنھوں نے اپنے آپ سے کہا تھا اور طنزیہ نظروں سے پلیٹ کی طرف دیکھا تھا۔

ملک میں کورونا کی وبا تیزی سے پھیل رہی تھی ۔ حکومت نے گھروں میں رہنے کی تاکید کی تھی ۔ابتداء میں لوگوں نے اس پر کوئی توجہ نہیں دی تھی ۔ بازار اور سڑکوں پر وہی رش تھا لیکن جب لوگ مرنے لگے اور حکومت نے مکمل لاک ڈاؤن لاگو کردیا۔سارے کاروبار بند ہوگئے۔ٹرینوں کی آمد ورفت رُک گئی۔ بسیں اپنے ڈپوز میں جمع ہوگئیں۔آٹو اور کرائے پر چلنے والی کاریں بند ہوگئیں ۔کارخانوں کی چمنیوں سے نکلنے والا دھواں نظروں سے اوجھل ہوگیا۔مزدور بے روزگار ہوگئے ۔ہاتھ گاڑیوں پر سبزی ترکاری، پھل،ضروریاتِ زندگی کا سامان اور بچوں کے کھلونے بیچنے والے گھروں میں قید ہوگئے تو بھوک محنت کے ہاتھوں سے بھیک پر اُتر آئی۔ فاقوں سے لوگ تڑپنے لگے تو ایسے میں مخیر حضرات بشکل حاتم طائی کے سامنے آئے،جنھیں سات سوالوں کے بجائے ایک ہی سوال حل کرنا تھا،یعنی زندہ رہنے کے اسباب تھیلوں میں بھر کر غریب اور مفلس افراد کے گھروں تک پہنچانا تھا۔وہ بھی ایسے حالات میں جبکہ موت اُن سے تین گز کے فاصلے پر جال لیے کھڑی تھی۔ سڑکوں پر پولیس گشت کر رہی تھی اور جو بھی اشیائے ضروریہ کی خاطر باہر نکلتا اُس کی کمر اور پنڈلیوں پر پولیس کے ڈنڈے برسنے لگے تھے ۔اخبارات، ریڈیو، ٹیلی وژن کے چینلوں اور سوشیل میڈیا پر اس وباء کی بھیانک اطلاعیں تیزی سے گردش کر رہی تھیں۔حتیٰ کہ موبائیل پر نمبر ڈائل کرتے ہی کورونا مرض کی شدت اور اُس کی احتیاطی تدابیر پہلے سننے کو ملتی تھی ۔پورے ملک پر ایک خوف مسلط ہوگیا تھا۔زندگی معطل ہوگئی تھی اور موت کے پنجے دراز ہوگئے تھے ۔ان ایام میں منیر الدین اور اُن کے بیٹے بھی غریب رشتہ داروں اور بے بس افراد کی مدد کے لیے پیش پیش تھے۔وہ محلّہ محلّہ ضروریات زندگی کا سامان پہنچا رہے تھے۔

اسپتال کی رات پر خوف کے بادل چھائے ہوئے تھے ۔منیر الدین جب بھی آنکھیں بند کرتے قبرستان کا اندھیرا اُن کی آنکھوں میں درآتا اور وہ گھبرا کر آنکھیں کھول دیتے۔اُن کے دماغ میں توبہ واستغفار کا ورد شروع ہوجاتا۔کبھی وہ اُٹھ بیٹھتے ،کبھی اُن کا دل ٹہلنے کو کرتا۔اُنھوں نے سامنے نظریں دوڑائیں، وارڈ میں نئے مریضوں کی بھی حالت وہی تھی جو منیر الدین کی تھی لیکن کسی میں ہمت نہیں تھی کہ ایک دوسرے کے قریب جاتے یا آپس میں گفتگو کرتے۔سبھی ڈرے سہمے لیٹے ہوئے تھے۔ اچانک کچھ مریضوں نے بیڈ پر ہاتھ پیر پٹخنا شروع کردیا۔اُن کے منہ سے عجیب سی آوازیں نکلنا شروع ہوگئیں، گویا کوئی جانور کو ذبحہ کر رہا ہو، اور اسپتال کا سناٹا بے حد ڈراؤنا ہوگیا۔منیر الدین نے جو یہ منظر دیکھا تو اول تو وہ بھی گھبرا گئے لیکن پھر فوراً وارڈ سے باہر نکلے اور جیسے ہی کوری ڈور میں اُن کی نظر نرس پر پڑی اُنھوں نے گھبرائی ہوئی آواز میں بنا سانس لیے مریضوں کی کیفیت بیان کردی۔نرس نے نہایت اطمینان سے گردن ہلائی جیسے اُس کے لیے یہ روز کا معمول تھا۔وہ ڈاکٹر کو بلانے کے لیے چل پڑی اور وہ وارڈ میں واپس آگئے ۔

تمام مریضوں پر گھبراہٹ طاری تھی لیکن وہ خوف زدہ نظروں سے تڑپتے ہوئے مریضوں کو دیکھ رہے تھے۔ وارڈ پر موت کا سایہ اُتر چکا تھا۔ کچھ ہی لمحوں میں ڈاکٹر اور اُن کا ماتحت عملہ آ چکا تھا اسٹریچر پہنچ گئے تھے اور اُن تڑپتے ہوئے مریضوں کو آئی سی یو وارڈ میں منتقل کرنا شروع ہو چکا تھا۔

رات پل پل گزر رہی تھی۔ سارے ہی مریضوں کی نیندیں اُڑ چکی تھی۔ سبھی اپنے اپنے عقیدوں کے مطابق دل ہی دل میں دعائیں مانگ رہے تھے۔ وارڈ پر مکمل سناٹا چھایا ہوا تھا۔ دیوار پر آویزاں گھڑی ٹک ٹک ٹک کی آوازوں میں اپنا سفر طئے کر رہی تھی اور اُس کے نیچے دیوار پر سر کے بل چپکی ہوئی چھپکلی منہ پھاڑے اپنے شکار کی منتظر تھی کہ کب وہ غافل ہوتا ہے اور وہ اُس پر جھپٹتی ہے۔ کھڑکیوں کے باہر اندھیرا پھیلا ہوا تھا۔ دور کھڑا ہوا لیمپ پوسٹ کسی عذاب الٰہی کے عتاب سے رد کی ہوئی دعا کے مانند سر جھکائے چپ چاپ کھڑا تھا۔ دور کہیں کسی پیڑ کی ڈالی پر بیٹھا اُلو وو وو کی تکرار سے ماحول کو اور بھی ڈراؤنا بنا رہا تھا۔ رات کاٹے نہ کٹتی تھی۔ اچانک اسٹریچر کی آواز نے وارڈ میں لیٹے ہوئے مریضوں میں گھبراہٹ سی پیدا کر دی۔ وارڈ بوائے اُسے ڈھکیلتے ہوئے اندر کی جانب لا رہے تھے۔ جوں جوں وہ قریب ہوتے جا رہے تھے مریضوں کے دل کی دھڑکنیں تیز ہوتی جا رہی تھیں اور آخر اُنھوں نے دیکھا پلاسٹک میں لپٹی ہوئی لاش کو اُنھوں نے ایک خالی بیڈ پر ڈال دیا اور پھر اسٹریچر کو ڈھکیلتے ہوئے جس طرح آئے تھے واپس ہو گئے تھے۔

سارے ہی مریض اپنے اپنے بیڈ پر دم سادھے اُٹھ کر بیٹھ گئے تھے اور یاد کرنے کی کوشش کر رہے تھے کہ مرنے والا کون تھا۔ لیکن اُن میں اتنی ہمت بھی نہیں تھی کہ اُس کے بارے میں کوئی بات ہی کرتے۔ بس ایک اُداس خاموشی چھائی ہوئی تھی۔ ٹھیک اُسی وقت قریب کی مسجد سے فجر کی اذان کی آواز اُبھری اور منیر الدین کو اپنا ٹائیگر یاد آ گیا جو ہر روز فجر کی اذان سے کچھ پہلے زور زور سے بھونکتا تھا اور اُنھیں اُس پر غصہ آتا تھا کہ کم بخت صبح کی اذان سے پہلے اپنی آواز سناتا ہے۔ وہ باہر نکل کر اُسے ڈانٹتے تھے لیکن آج وہ خود ازان کے بعد اُس کی آواز کو یاد کر رہے تھے۔ اُنھیں سمجھ میں آ گیا تھا کہ وہ بھونک بھونک کر اُنھیں نماز کے لیے بیدار کرتا تھا ۔ بے اختیار اُن کی نفرت محبت میں تبدیل ہو گئی تھی اور اُن کا دل چاہ رہا تھا کہ کاش وہ اس وقت اُن کے سامنے ہوتا تو وہ اُسے اپنے سینے سے لپٹا کر خوب خوب پیار کرتے۔۔۔ اذان ہو چکی تھی لیکن مسجد کے دروازے اُن پر بند تھے ۔ ساری عمر با جماعت نمازیں پڑھنے والا اپنی عمر کے آخری پڑاؤ میں جبکہ موت تین گز کے فاصلے پر ہو، وہ بارگاہِ الٰہی میں معافی مانگنے کے لیے بھی نہیں آ سکتا، ایسا اُصول تو کسی جابر بادشاہ کے دربار کا بھی نہیں تھا۔ اُنھوں نے اپنے دل ہی دل میں کہا، تب کسی نے اُن کے کان میں کہا، تمہاری مسجدیں تو مانند موبائیل ہیں جو تمہاری عبادتیں اور دعائیں اُس تک پہنچاتی ہیں، ہوش کے ناخن لو اب تو خانۂ کعبہ اور مسجد نبوی کے دروازے بھی تم پر بند ہیں۔ بے اختیار اُن کی آنکھوں میں آنسوں رو لنے لگے، وہ پھوٹ پھوٹ کر رونا چاہتے تھے لیکن رو نہ سکے۔ شاید یہ بھی اُسی کی مرضی تھی۔

نماز سے فراغت پا کر بھی وہ اُداس تھے۔ ذہن ایسے ہی بے شمار سوالوں میں اُلجھا ہوا تھا۔ اُنھوں نے اپنے سامنے دیکھا، کوئی رام نام جپ رہا تھا، کوئی اپنے سینے پر اُنگلی سے صلیب کا نشان بنا رہا تھا لیکن اطمینان کسی کے چہرے پر دکھائی نہیں دیتا تھا۔ اُنھوں نے پھر ایک بار اپنی گردن گھٹنوں میں ڈال دی، اور اُن کی آنکھیں اُن کے اپنے گھر میں کُھل گئیں۔ کیسا محبتوں سے بھرا ہوا گھر تھا۔

"بابا جان ناشتہ تیار ہے۔" بڑی بہو نے اطلاع دی،

"آج مسجد ہی میں آپ کو دیر ہو گئی۔"

"ہاں۔۔۔" پیٹھ پر سے پوتے کو نیچے اُتارتے

ہوئے اُنھوں نے کہا،'' چلیں۔۔۔''

کچن میں ڈائننگ ٹیبل پر چھوٹی بہو رکابیاں لگا رہی تھیں اور دونوں بیٹے اور پوتیاں اُن کے منتظر تھے۔ وہ جیسے ہی کرسی پر بیٹھے اور پہلا لقمہ منہ میں ڈالا، اُن کی نظر کمان سے ہوتی ہوئی وارانڈے کے نیچے کھڑے ہوئے ٹائیگر پر پڑی۔ اُن کے چہرے کے تاثرات بدل گئے اور اُنھوں نے بڑے بیٹے کی طرف دیکھا،'' کتنی بار کہا ہے کہ اُسے باندھ کر رکھا کرو، لیکن تم کو یاد ہی نہیں رہتا۔''

'' جی۔۔۔''اس سے زیادہ وہ کچھ نہ کہہ سکا۔

ٹائیگر للچائی نظروں سے سب کی طرف دیکھ رہا تھا، لیکن کس میں ہمت تھی جو اُس کی طرف ایک ہڈی ہی اُچھال دیتا۔ سب کھانے میں مگن تھے۔ بڑھی بہو نے کوفتوں کی پلیٹ اُنکی طرف بڑھائی اور چھوٹے بیٹے نے دال کا کٹورہ جونہی اپنی طرف کھینچا، ہاتھ ٹکرا گئے اور ایک کوفتہ ٹیبل پر گر گیا۔ اُنھوں نے اُسے اُٹھایا اور ٹائیگر کی جانب اُچھال دیا۔ ٹائیگر نے اُچک کر اُسے منہ میں جھیل لیا اور نہایت ممنونیت بھری نظروں سے منیرالدین کی طرف دیکھا،'' باباجان آج آپ نے۔۔۔۔۔'' بڑا بیٹا اپنا جملہ مکمل نہ کر سکا۔ یہ واقعی پہلا اتفاق تھا کہ اُنھوں نے کوئی چیز اپنے ہاتھوں سے ٹائیگر کی طرف اُچھالی تھی۔ اُن کے چہرے پر مسکراہٹ دوڑ گئی اور ٹائیگر اُسے منہ میں سنبھالے گیٹ کی طرف چلا گیا تھا۔

ہم سب ایک دوسرے کا کتنا خیال رکھتے تھے۔ کھانا سب ملکر ایک ساتھ ہی کھاتے تھے۔ اکثر ڈائننگ ٹیبل پر ہی کاروباری، نجی گفتگو بھی ہو جاتی۔ مختلف مسلے مسائل بھی حل ہو جاتے۔ سب ہی ایک دوسرے کے جذبات کا خیال رکھتے تھے۔ ایک بار میرا ایکسیڈنٹ ہو گیا تھا تو سب بے حد پریشان ہو گئے تھے۔ میرے دونوں بیٹوں نے ہی مجھے اسپتال میں پہنچایا تھا۔ تب میری خیریت دریافت کرنے کے لیے سارا خاندان ہی پہنچ گیا تھا اور میرے بیٹوں نے میری اس قدر خدمت کی تھی کہ گھر کا راستہ ہی بھول گئے تھے، لیکن اس بار بیماری کا علم ہوتے ہی سب کس تیزی سے مجھ سے دور بھاگے تھے اور مجھے اسپتال ایمبولینس گاڑی اس طرح لے کر آئی تھی جیسے کسی عادی گناہ گار کو پولیس اپنی گاڑی میں لاد کر لے جاتی ہے۔ منیرالدین کی آنکھوں میں اچانک وہ سارا منظر بھی اُبھر آیا اُنھیں گھبراہٹ سی ہونے لگی تھی اور اُنھوں نے گھٹنوں سے اپنی گردن اوپر اُٹھالی۔

'' اس لاش کے انتم کریا کرم کے واسطے تم دیکھنا اس کا کوئی وارث نہیں آئے گا۔'' دیوار سے ٹیک لگائے سب کی آنکھوں میں دیکھتے ہوئے ایک مریض نے کہا۔ اُس کی آواز گہرے دکھ میں ڈوبی ہوئی تھی۔

سب نے سامنے کے بیڈ پر پڑی ہوئی لاش کی طرف دیکھا۔

'' ایسا نہیں ہے۔ میں ایک ہفتے سے اسی دواخانے میں ہوں۔ کبھی کبھی آتے بھی ہیں۔''

منیرالدین پوری توجہ کے ساتھ اُن کی باتیں سن رہے تھے۔

سامنے کے مریض نے چھت کی طرف گھورتے ہوئے کہنا شروع کیا،'' وہ بھی کیا کریں گے۔۔۔''اُس نے منیرالدین کی طرف دیکھا،'' اِدھر آنے کا مطلب موت کو گلے لگانا ہی تو ہے۔''

'' اور کیا۔۔۔''ایک آواز اُبھری،'' یہ اُس وقت کی بات ہے جب میں پازیٹیو نہیں ہوا تھا۔ ہمارے محلے میں ایک ماں نے بیٹے کو باپ کے مردے کو گھر میں لانے سے منع کر دیا تھا۔۔۔'' اُس نے ایک سرد آہ بھری،'' اب کاہے کی نماز جنازہ اور۔۔۔'' وہ ایک دم خاموش ہو گیا اور اُس کی گردن جھک گئی۔ بس اُس کے آنسو گر رہے تھے۔

منیرالدین نے پھر ایک بار اپنی گردن کو گھٹنوں میں ڈال دیا تھا۔ اے اللہ یہ کیسی نفسا نفسی کے دن تو دکھا رہا ہے۔ کوئی کسی کا پُرسان حال نہیں ہے۔ کیا دنیا سے ہمدری، خلوص اور محبت کے جذبے ختم ہوگئے؟ لوگ تو پہلے بھی بیمار ہوتے تھے۔ مرتے بھی تھے۔ مگر غم بانٹنے بھی جاتے تھے۔ اب تو ایسا محسوس ہوتا ہے گویا ہر دن حشر کا دن ہے۔

پتہ نہیں وہ کب تک اور کیا کیا سوچتے رہے۔

سارے ملک میں وباء کا زور بڑھتا ہی جا رہا تھا۔ حکومت بار بار لاک ڈاؤن پر عمل کروا رہی تھی۔ بھوک، بے روزگاری اور بے وطنی ایک مسلہ بنی ہوئی تھی۔ اسکول کالجس بند کر دیئے گئے تھے۔ چاروں طرف وہی خوف اور بے بسی کا عالم تھا۔

منیرالدین خاموش تماشائی ہوکر رہ گئے تھے۔ اُن کا موبائیل بھی اُنھیں بس حسرت سے ہی تکا کرتا تھا۔ کئی دنوں سے اُنھوں نے اُس کا استعمال بھی چھوڑ دیا تھا۔ اسپتال کے روز وشب ایسے ہی گزر رہے تھے۔ ہر دن نئے نئے مریض داخل ہوتے۔ اکثر مریضوں کی حالت نازک ہوجاتی۔ اُنھیں آئی سی یو میں داخل کیا جاتا۔ اُن میں کچھ شفایاب ہو جاتے اور کچھ موت کے حوالے ہو جاتے۔ کبھی ورثا آجاتے اور کبھی لاشوں کو اسپتال کے افراد ہی ٹھکانے لگا دیتے۔ بقیہ مریضوں کے ٹیسٹ بھی جاری تھے۔ جن کی رپورٹ نگیٹیو آجاتی وہ خوشی خوشی اپنے اپنے گھروں کو لوٹ جاتے تھے۔

منیرالدین حسب معمول اپنے بیڈ پر لیٹے ہوئے تھے۔ وارڈ میں کچھ نئے مریض داخل کیے گئے تھے۔ اُن کے چہروں پر خوف اور مایوسی صاف دکھائی دے رہی تھی۔ اُنھوں نے اُن کی طرف سے اپنی نظریں پھیر لی تھی اور جونہی دیوار کی طرف دیکھا، دیوار گھڑی بند ہوگئی تھی۔ اُنھوں نے اُس چھپکلی کو تلاش کرنا شروع کیا لیکن اُس کا کہیں پتہ نہ تھا۔ کیا وہ بھی گھڑی کی ٹک ٹک کے ساتھ ہی اپنا شکار کرتی تھی؟ اُنھوں نے اپنی آنکھیں سامنے کیں تو ایک ڈاکٹر اور دو نرسیں وارڈ میں داخل ہوئے۔ اُنھوں نے وہاں پر موجود مریضوں کی طرف نظریں دوڑائیں کہ یہ اب کس کے لیے آئے ہیں لیکن ڈاکٹر کا رخ اُن کی طرف ہی تھا، وہ سب تیز تیز قدموں سے چلتے ہوئے اُن ہی کی طرف آرہے تھے۔ وہ اُٹھ کر بیٹھ گئے۔ ڈاکٹر نے قریب پہنچ کر اپنا دستانے والا ہاتھ اُن کے کندھے پر رکھا، ''مسٹر منیرالدین تمہارے کل کے ٹیسٹ کی رپورٹ آگئی ہے۔ اُنھوں نے ڈاکٹر کی طرف اطمینان بھری نظروں سے دیکھا، ''ڈاکٹر اب مجھے کسی رپورٹ سے ڈر نہیں لگتا، میں جان گیا ہوں مجھے یہاں سے کہاں جانا ہے۔''

''اوہ نو۔۔۔ مبارک ہو۔ تمہاری رپورٹ نگیٹیو آگئی ہے۔ یہ رہا تمہارا سرٹیفکٹ۔ اب تم اپنے گھر جا سکتے ہو۔''

اپنے سرٹیفکٹ کو ہاتھوں میں تھامے وہ ڈاکٹر کو حیرت سے دیکھ رہے تھے۔ اُن پر سکتے کی سی کیفیت طاری تھی۔ ڈاکٹر نے اُن سے کیا کچھ کہا، اُنھوں نے سنا ہی نہیں تھا۔ ایک دم اُن کو اپنے بچوں کا خیال آیا، اُن کی پازیٹیو رپورٹ آنے کے بعد تو اُنھوں نے اُن کے بارے میں سوچا ہی نہیں تھا کہ اُن کا بھی تو ٹیسٹ کیا گیا ہوگا؟ کیا پتہ اُن کی رپورٹ کیسی آئی ہوگی؟ وہ بھی کسی اسپتال میں بھرتی کیے گئے یا پھر۔۔۔۔ وہ سر سے پیر تک کانپ گئے تھے۔ شاید اسی لیے اُن کی کوئی کال مجھ تک نہیں پہنچی تھی۔ اُنھوں نے موبائیل کو آن کیا، لیکن اُن کا نمبر ڈائل کرنے کی ہمت نہیں ہوئی۔ اُنھوں نے موبائیل کو اپنے جیب میں رکھ لیا، کھڑکی سے باہر جھانکا، دور ایک درخت کے نیچے ایک کتا بیٹھا ہوا تھا۔ وہ بے دلی کے ساتھ وارڈ سے باہر نکل گئے۔

☆☆

افسانہ

مشتاق احمد وانی

وہ قُربتیں یہ دُوریاں (کروناوائرس پہ کہانی)

ڈاکٹر افضل حیات ایک ایسے ملک کا باشندہ تھا جہاں کی نوے فی صدی آبادی ناستک قسم کی ذہنیت کے ساتھ خدائی ضابطوں کے خلاف زندگی گزارتی تھی۔اُس ملک کا آئین مادیت پرستی،دُنیاوی عیش وآرام اور سائنسی وتکنیکی ترقی کی اساس پر مبنی تھا۔وہ لوگ رُوحانیت کو انسانی واہمہ اور مضحکہ خیز تصور کرتے تھے۔وہ اس کائناتی نظام کو ایک خودکار مشین خیال کرتے تھے۔اُن کے ہاں حرام وحلال کی اہمیت وتفریق کوئی معنی نہیں رکھتی تھی۔اسی لیے وہ کُتے، لومڑی، بندر،لنگور،گلہری،چمگادڑ،اُلو،کوا،چوہے،سانپ،بچھو،مینڈک اور چھپکلی کے علاوہ اُن تمام حشرات الارض کا گوشت کھانے میں لذت محسوس کرتے تھے جن کا نام سُنتے ہی ایک مُتقی وپرہیزگار آدمی کو متلی آنے لگتی ہے۔

ڈاکٹر افضل حیات میڈیکل سائنس میں اُس ملک کے قابل ترین ڈاکٹروں میں شمار ہوتے تھے۔اُن کی بیوی بُشریٰ خانم بھی ماہرِ امراض نسواں کے طور پر کافی مشہور تھی۔ بیٹے کی چاہت میں اُن کے ہاں تین بیٹیاں پیدا ہونے کے بعد ایک خوب صورت سا بچہ پیدا ہوا تھا۔اُن کی تینوں کم سن بیٹیاں اپنے دادا دادی کے ساتھ بڑے لاڈ پیار سے کافی خوش نظر آتی تھیں۔ڈاکٹر افضل حیات کے گھر کا ماحول بڑا دیندارانہ تھا۔وہ خود تو حافظِ قرآن اور صوم وصلوٰۃ کے پابند تھے ہی لیکن اُن کی اہلیہ ڈاکٹر بشریٰ خانم بھی بڑی نیک سیرت اور نقاب پوش خاتون تھی۔وہ اپنی بچیوں کو دُنیاوی تعلیم کے ساتھ دینی تعلیم بھی دلا رہے تھے۔اُن کے گھر میں روپے کی کوئی بھی کمی نہ تھی۔اُن کا زیادہ تر روپیہ صدقہ وخیرات اور عشر وذکواۃ کے علاوہ یتیم ہاوس کو جاتا تھا۔اِس روپے کو وہ اپنا اصلی بینک بیلینس سمجھتے تھے۔دونوں میاں،بیوی اپنے ڈاکٹری پیشے کو عبادت سمجھتے تھے۔اُن کی ہر سانس میں اللہ کا ذکر اور ذہن ودل میں آخرت کی فکر رہتی تھی۔زندگی کے بہت سے خوب صورت موسم وہ دیکھ چکے تھے۔کسی کی زندگی خدائی ضابطوں کے مطابق گزرنے لگے تو وہ خوش نصیب ہوتا ہے اور سکون تو دلوں میں رہتا ہے۔چیزوں،عہدوں اور نمود ونمائش کے ساتھ تو سکون کا کوئی بھی تعلق نہیں ہوتا ہے۔دل کا پنچھی اگر اُداس بیٹھا ہو تو بھلا یہ مال ومتاع اور جاہ وجلال کس کام کا۔

ڈاکٹر افضل حیات اور اُن کے اہل خانہ ایک پُرسکون،باوقار اور مومنانہ صفات کے ساتھ زندگی جی رہے تھے کہ ایک روز اچانک یہ تشویشناک اور مایوس کن خبر نہ صرف اُس پورے ملک میں بلکہ عالمی سطح پر ہوا کی طرح گردش کرگئی کہ ڈاکٹر افضل حیات کے شہر میں ایک وبائی مرض کروناوائرس کے نام سے پھیل رہی ہے جو آدمی کے گلے میں درد، بخار،کھانسی،زکام جیسی علامات کی صورت میں اپنے مہلک اثرات چھوڑتی ہے۔اسپتال یا طبی مرکز پہنچنے تک مریض کے پھیپھڑے چھلنی ہو چکے ہوتے ہیں اور اس طرح وہ چند دنوں میں موت کی آغوش میں پہنچ جاتا ہے۔چند دنوں میں جب اُس ملک میں وبائی مرض میں مبتلا لوگوں کی تعداد سینکڑوں میں پہنچ گئی تو وہاں کی حکومت ایک طرح کی بحرانی کیفیت کا شکار ہوگئی۔ایک ایسی لاعلاج بیماری کہ جس نے وہاں کی انسانی آبادی پہ قہر برپا کردیا۔تمام ڈاکٹر،وہاں کی انتظامیہ اور حکومتی عملہ جب انتہائی تشویشناک صورتحال سے گزرنے لگا تو وہاں کی حکومت نے عدلیہ سے یہ مانگ کی کہ وہ کروناوائرس سے متاثرین افراد کو گولی مار کر

ہلاک کرنے کی اجازت دے تا کہ اس مہلک مرض کی روک تھام ہو سکے ۔ٹیلی ویژن ،موبائل فون ،انٹرنیٹ اور دوسرے ترسیلی ذرائع سے عوام کو اس مہلک بیماری سے بچنے کے لیے یہ ہدایات جاری کی گئیں کہ اس مہلک بیماری سے بچنے کا واحد ذریعہ یہ ہے کہ ہر شخص گوشۂ تنہائی اختیار کرے ،کسی سے بھی ہاتھ نہ ملائے ،بھیڑ بھاڑ سے دُور رہے ،اپنے ناک اور مُنہ پہ ماسک لگائے ،بار بار صابن سے ہاتھ دھوئے اور دوائی کی دُکان سے سینیٹائزر نام کی رقیق مادے سے بھری بوتل گھر میں رکھے اُسے اپنے ہاتھوں پہ مَلے ۔تمام اسکول ،کالج ،یونیورسٹیاں اور پیشہ ورانہ ادارے بند کر دیے گئے ۔بشریٰ خانم بڑی ہمت و حوصلے والی خاتون تھی لیکن اس کے باوجود اُس نے اپنے شوہرِ محترم سے کہا

''میری بات پہ دھیان دیجیے ! کرونا وائرس جیسی مہلک بیماری کی آمد سے مجھے اپنے گھر خاندان کی طرف موت کے سائے بڑھتے ہوئے نظر آ رہے ہیں ! میری یہ رائے ہے کہ ہم اس ملک سے کسی دُوسرے ملک کی طرف کوچ کر جائیں تا کہ ہم سب بصحت و سلامت رہ سکیں''

ڈاکٹر افضل حیات نے کہا

''بشریٰ !......میری جان ! ہم اللہ والے ہیں ۔گھبرانے والی کوئی بات نہیں ۔اللہ والوں کا اللہ محافظ ہوتا ہے ۔بے شک اللہ صبر کرنے والوں کے ساتھ ہوتا ہے اور کیا تُم نے اللہ کے پیارے نبی ﷺ کا یہ پاک ارشاد نہیں سُنا ہے کہ جس جگہ طاعون یا کوئی بھی وبائی مرض پھیلے وہاں کے لوگ وہاں سے نہ بھاگیں اور دوسری جگہ والے وہاں کا سفر نہ کریں''

بشریٰ خانم بولی

''لیکن پھر بھی احتیاطی تدابیر کرنا ضروری ہے ۔میرا بھی اس بات پہ کامل یقین ہے کہ زندگی اور موت کے احکامات اللہ کی طرف سے آتے ہیں ۔میں پہلی فرصت میں اپنے تمام گھر کے افراد کا صدقہ نکال لیتی ہوں''

ڈاکٹر افضل حیات نے کہا

''ہاں یہ نیک کام ہے کیونکہ صدقہ بیماریوں اور زمین و آسمان کی آفات و بلیات کو کھا جاتا ہے ۔مزید یہ کہ ہمیں بار بار صابن سے ہاتھ دھونے چاہئیں ۔ایک دوسرے سے ہاتھ نہیں ملانا چاہیے''

ڈاکٹر افضل حیات کی چھوٹی چھوٹی بچّیاں اپنے دادا ،دادی کی گود میں ہنستی کھیلتی رہتی تھیں لیکن جب سے اُن بچّیوں کے ذہن و دل میں کرونا وائرس کا نام بیٹھ گیا تھا تب سے وہ اپنے دادا ،دادی سے دُور دُور رہنے لگی تھیں ۔دادا، دادی ترستے تھے کہ وہ اُن کے پاس آئیں ،اُن کی گود میں بیٹھیں مگر یہ سب کچھ خواب و خیال کی باتیں ہو کر رہ گئی تھیں ۔گھروں میں ،بازاروں میں ،چوک چوراہوں میں ،ریلوے اسٹیشنوں ،ہوائی اڈوں یہاں تک کہ مذہبی مقامات میں ہر جگہ لگتا تھا کہ جیسے کرونا وائرس کی صورت میں موت رقص کر رہی ہو۔تمام تفریح گاہیں ،شراب اور عیاشی کے اڈاے ویران ہو چکے تھے ۔ہر شخص کے چہرے سے افسردگی ،مژمردگی اور خوفزدگی کے آثار نظر آ رہے تھے ۔زندگی کے سارے رنگ و روپ مٹتے جا رہے تھے لیکن اس سب کے باوجود ڈاکٹر افضل حیات کے چہرے پر تشویش کے آثار نظر نہیں آ رہے تھے ۔اُن کے چہرے کی بشاشت اور نُورانیت یہ ظاہر کر رہی تھی کہ وہ اللہ والے ہیں، اس لیے اللہ ہی اُن کا محافظ ہے ۔اُنھوں نے اس قدرتی وبا سے بچنے کے لیے کلام پاک کی مخصوص سورتوں اور دُعاؤں کا ورد شروع کر دیا تھا۔وہ رات کو تہجد میں رو رو کے اللہ سے کُل عالم میں بسنے والے لوگوں کے لیے اس مہلک بیماری سے محفوظ رہنے کی دُعا مانگتے ۔ایک روز وہ ناشتہ کرنے کے بعد باہر لان میں بیٹھے سورۂ یٰسین کی تلاوت کر رہے تھے کہ اُن کے گیٹ پہ کسی نے دستک دی ۔وہ اُٹھے اُنھوں نے اپنی بڑی بیٹی کو باہر بلا کر اُسے قرآن پاک اندر رکھنے کو

کہااور گیٹ پر آ گئے ،گیٹ کھولا تو اُن کے دو ہم پیشہ ساتھی ڈاکٹر ہربنس لال اور ڈاکٹر بکرم سنگھ باہر مُنہ پہ کالے ماسک پہنے کھڑے تھے۔ڈاکٹر افضل حیات نے اُنھیں دیکھتے ہی متعجب انداز میں کہا

''ارے تُم!...... یار آج یہاں کیسے؟''

ڈاکٹر افضل حیات نے اُن کے ساتھ باری باری ہاتھ ملانا چاہا تو اُن دونوں نے ہاتھ ملانے سے انکار کر دیا۔بس دُور سے ہی اُنھوں نے ہاتھ جوڑ لیے۔ڈاکٹر ہربنس لال نے کہا

''میرے دوست! ہاتھ ملانے کے دن گئے''کرونا'' آ گیا ہے!''

ڈاکٹر افضل حیات نے اُن دونوں کو لان میں کرسیوں پر بیٹھنے کو کہا اور پھر بڑے متفکر لہجے میں اُن سے مخاطب ہوئے۔کہنے لگے

''میرے دوستو! دراصل کرونا وائرس دُنیا والوں پہ عذابِ الٰہی ہے۔اس لیے کہ دُنیا میں بُرے کام کھلے عام ہو رہے ہیں۔زنا عام ہے،شراب عام،رشوت عام ہے،جھوٹ عام اور ظلم وحق تلفی عام ہے غرضیکہ اللہ کی نافرمانی کھلے عام ہو رہی ہے۔یہ سب اللہ کی نافرمانی کے نتیجے میں دُنیا والوں پر کرونا وائرس کی صورت میں عذاب اُترا ہے''

ڈاکٹر بکرم سنگھ نے ڈاکٹر افضل حیات کی باتوں کی تائید کرتے ہوئے کہا

''یار! دُنیا کے تمام دھرم و مذاہب میں بُرائی کی شدید مذمت آئی ہے اور اچھے کام کرنے کی تلقین کی گئی ہے لیکن آج کل ہر جگہ بُرائی کا بول بالا ہے۔اب عذاب نہ اُترے تو اور کیا اُترے''

ڈاکٹر ہربنس لال نے کہا

''کرونا وائرس سے بچنے کے لیے ہر شخص دن میں بیسیوں بار ہاتھ دھوتا ہے اور مُنہ کو ماسک سے ڈھانپ کے رکھتا ہے۔کسی سے ہاتھ نہیں ملا پا رہا ہے ،لگتا ہے تمام رشتے ناتے ،اپنے پرایوں سے تعلقات منقطع ہو چکے ہیں۔نہ ہم شادی میں مل سکتے ہیں اور نہ غمی میں !ایک عجیب قسم کی تشویشناک صورتحال سے ہم گزر رہے ہیں۔اُف آخر کیا ہو گا؟''

ڈاکٹر افضل حیات نے کہا

''دوستو! مجھے تو یوں لگتا ہے کہ اکیسویں صدی کے آدمی نے اپنے ہاتھوں سے جائز کم اور ناجائز کام زیادہ کیے ہیں۔زبان سے جھوٹ بولا ہے اور بے حیائی کی باتیں کی ہیں۔آدمی نے وہ کام کیے ہیں جو اللہ کو ناپسند ہیں۔اس لیے اللہ نے اُس کے ہاتھوں اور زبان پہ روک لگا دی ہے''

وہ تینوں کرونا وائرس پر محوِ گفتگو تھے کہ اتنے میں ڈاکٹر افضل حیات کا خادم چائے پانی لے کر اندر سے باہر آ گیا۔اُس نے ڈاکٹر ہربنس لال اور بکرم سنگھ کے سامنے میز پر بسکٹ اور چائے رکھی لیکن اُنھوں نے چائے پینے سے صاف انکار کر دیا۔ڈاکٹر افضل حیات کے بار بار اصرار کرنے پر بھی اُنھوں نے چائے نہیں پی۔بکرم سنگھ نے کہا

''یار افضل! ہم آپ کے پاس اس لیے آئے ہیں کہ حکومت نے کرونا وائرس سے متاثرہ مریضوں کی طبی امداد کے لیے ماہر ڈاکٹروں کی ایک ٹیم تشکیل دی ہے،اُس میں آپ کا بھی نام ہے۔یہ ٹیم پورے دو ہفتے تک ملک کے مختلف حصوں میں کرونا وائرس کے مریضوں پر کام کرے گی تاکہ اس مہلک بیماری کی روک تھام ہو سکے''

افضل حیات نے کہا

''میں انشااللہ اس نیک کام کے لیے تیار ہوں لیکن دوستو! یہ بات یاد رکھو کہ تاریخ اپنے آپ کو دوہراتی ہے۔جب ظلم بہت زیادہ بڑھ جاتا ہے،پاپ اپنی انتہا کو پہنچتا ہے تو تب زمین لرزتی ہے،زلزلے، طوفان آتے ہیں اور کرونا وائرس جیسی وبائیں پھیلتی ہیں۔قومِ عاد وثمود،قومِ نوحؑ ،قومِ لوطؑ پر بھی تو عذاب اُترا تھا۔فرعون،نمرود،شدّاد

اور قارون جیسے اللہ کے باغیوں اور ظالموں کا کیا حشر ہوا تھا تاریخ نے اُن عبرت آمیز واقعات کو محفوظ رکھا ہے۔ آپ ہی کہیے آج کل کے اس سوشل میڈیائی دور میں کون سی ایسی بُرائی ہے جو کھلے عام نہیں ہو رہی ہے؟''

ڈاکٹر بکرم سنگھ اور ڈاکٹر ہربنس لال ،ڈاکٹر افضل حیات کی باتیں سُن کر دنگ رہ گئے۔ ڈکٹر ہربنس لال نے کہا

''یار افضل! آپ صحیح کہہ رہے ہیں''

ڈاکٹر بکرم سنگھ نے بھی افضل حیات کی باتوں کی تصدیق کی

''اچھا تو اب ہم چلتے ہیں۔ کل آٹھ بجے صبح ہم سرکاری گاڑی میں یہاں پہنچ جائیں گے۔ آپ تیار رہنا۔ آپ کو ہم یہاں سے ہی لے جائیں گے'' یہ کہتے ہوئے وہ چلے گئے۔

ڈاکٹر افضل حیات نے جب گھر میں اپنی اہلیہ بشریٰ خانم اور والدین سے اپنے کل کے پروگرام کے بارے میں بتایا تو وہ کچھ ڈر و خوف محسوس کرنے لگے۔ بچّیوں نے اُن کی ٹانگوں سے لپٹ کے رونا شروع کر دیا۔ بشریٰ خانم کی آنکھوں میں بھی ضبط کے باوجود آنسو اُمڈ آئے۔ ڈاکٹر افضل حیات پہلے ماں کے پاس گئے اور کہنے لگے

''امّاں!......کل میں ڈاکٹروں کی ٹیم کے ساتھ جا رہا ہوں۔ آپ میری فکر نہ کیجیے۔ مجھے اللہ تعالیٰ پہ کامل بھروسہ ہے کہ میں بصحت وسلامت آپ کے پاس واپس آ جاؤں گا۔ زندگی اور موت تو اللہ کے اختیار میں ہے''

ماں کا دل تڑپ اُٹھا کہنے لگی

''میرا جی نہیں چاہتا ہے کہ تُو گھر سے باہر جائے۔ میری آنکھوں میں اندھیرا چھا جائے گا۔ تُو گھر میں ہے تو لگتا ہے سارا جہان گھر میں ہے'' یہ کہتے ہوئے وہ رو پڑی۔

ڈاکٹر افضل حیات نے ماں کو دلاسہ دیتے ہوئے کہا

''امّاں! آپ نہ روئیں۔ مجھے انشااللہ کچھ نہیں ہوگا۔ آپ مجھے اپنی نیک دُعاؤں میں یاد رکھیں'' پھر اپنے والد کے پاس گئے اور کہنے لگے

''ابّا!......میں کل جا رہا ہوں'' وہ چونک اُٹھے، پوچھنے لگے

''بیٹا! کل کہاں جانا ہے؟''

''ابّا! اپنا فرض نبھانے۔ کرونا وائرس سے متاثرہ مریضوں کی خدمت کے لیے سرکار نے ماہر ڈاکٹروں کی ایک ٹیم تشکیل دی ہے۔ اُس میں میرا نام بھی ہے''

''بیٹا! فرض اور مرض دونوں اپنی جگہ اہم ہیں اور یہ کرونا وائرس............! میرا دل اس مہلک بیماری کا نام سُن کر گھبرا اُٹھا ہے اور پھر تیرا اس حال میں گھر سے جانا میرے وجود میں زلزلہ سا پیدا کر گیا''

''ابّا! میں انشااللہ صحیح سلامت واپس گھر آ جاؤں گا۔ آپ پورے عالم میں بسنے والوں کی صحت وتندرستی کے لیے دُعا کیجیے۔ میں انشااللہ دو ہفتے کے بعد واپس گھر آ جاؤں گا۔ فون پہ انشااللہ باتیں ہوتی رہیں گی''

باپ نے دُعا دی

''بیٹے! اللہ تُجھے سلامت رکھے! ہم سب کو سلامت رکھے!''

دُوسرے دن آٹھ بجے صبح جب افضل حیات گھر سے رُخصت ہونے لگے تو اُنھوں نے کلامِ پاک اپنے ساتھ اُٹھایا۔ اُس وقت اُن کی بچّیاں سوئی ہوئی تھیں۔ بشریٰ خانم گیٹ تک آئی اور اپنے رفیقِ حیات کو کہنے لگی

''اپنا خیال رکھیے۔ نہایت احتیاط سے کام کیجیے۔ بیچ بیچ میں اپنی صحت اور حالات سے آگاہ کرتے رہیے''

اُنھوں نے بیوی کو تسلّی دیتے ہوئے کہا

''میری فکر نہ کرنا، میں اللہ پہ کامل بھروسہ رکھ کر گھر سے جا رہا ہوں

۔میں انشااللہ فون کرتا رہوں گا'' یہ کہتے ہوئے وہ سرکاری گاڑی میں بیٹھ گئے۔

تین دن تک ڈاکٹر افضل حیات نے ماسک اور ڈاکٹری وردی پہن کر اپنے ساتھیوں کے ساتھ مختلف مقامات پہ کرونا وائرس کے مریضوں کی دیکھ بھال اور اُن کے علاج معالجے کا کام کیا لیکن اُس کے بعد اُنھوں نے ماسک پہننا چھوڑ دیا اور مخصوص قرآنی سورتوں اور دُعاؤں کا سہارا لے کر کام کرتے رہے ۔وہ اپنے ہاتھوں سے مریضوں کی نبض دیکھتے ،قریب جا کر اُن کے مرض کی تشخیص کرتے ۔ایک بڑے ہال میں کرونا وائرس کے مریضوں کے بیڈ لگے ہوئے تھے ۔وہ بغیر ماسک کے مسلسل اپنا فرض نبھاتے رہے۔اُن کے ہم پیشہ ساتھیوں کے لیے اُن کا یہ عمل بڑا حیران کر دینے والا عمل ثابت ہو رہا تھا۔ڈاکٹر افضل حیات کو دو ہفتے کام کرتے گزر گئے لیکن اس کے باوجود اُن پر جب کرونا وائرس کا کوئی بھی اثر نہیں ہوا تو یہ حیران کُن خبر اُس ملک کے پرائم منسٹر تک پہنچی ۔ڈاکٹر افضل حیات کو فوراً پرائم منسٹر ہاوس میں بلایا گیا ۔سوشل میڈیا کے بہت سے لوگ وہاں موجود تھے ۔پرائم منسٹر صاحب اپنے تمام وزرا کے ساتھ یہ جاننے کے لیے بے تاب تھے کہ آخر ڈاکٹر افضل حیات کو کرونا وائرس کا اثر کیوں نہیں ہوا؟ پرائم منسٹر صاحب نے خود ڈاکٹر افضل حیات سے پوچھا

''ڈاکٹر افضل ! ہم سب آپ سے یہ جاننا چاہتے ہیں کہ آپ نے مسلسل دو ہفتے بغیر ماسک پہنے ڈاکٹروں کی ٹیم کے ساتھ کرونا وائرس کے مریضوں کی خدمت میں گزارے لیکن اس کے باوجود آپ پر کرونا وائرس کا کوئی بھی اثر نہیں ہوا،ہم اس بات پہ حیران ہیں !وجہ بتایئے؟''

ڈاکٹر افضل حیات نے بڑے نرم اور شائستہ لہجے میں اس طرح جواب دیا

''محترم پرائم منسٹر صاحب ودیگر معزز سامعین کرام ! آداب۔میں نے بچپن سے لے کر آج تک جھوٹ نہیں بولا ہے۔کسی غیر محرم عورت کی طرف نظر اُٹھا نہیں دیکھا ہے۔میں نے اللہ کے پاک کلام کو بار بار پڑھا ہے،اُس پر عمل کیا ہے۔اس کرونا وائرس کے دوران اللہ کے کلام کی مخصوص سورتوں کا ورد کیا ہے۔

میری زبان پر ہر وقت اللہ کا ذکر اور آخرت کی فکر رہتی ہے۔میں نے آج تک روزہ اور پانچ وقت کی نماز نہیں چھوڑی ہے۔میں اُس سپریم طاقت کی عبادت و بندگی کرتا ہوں جو خالق کائنات ہے۔اسی لیے مجھ پہ کرونا وائرس کا کوئی بھی اثر نہیں ہوا۔اگر آپ اور پوری دُنیا کے لوگ کرونا وائرس سے بچنا چاہتے ہیں تو پھر آپ سب کو ''کرونا'' کی فُل فارم کو سمجھنا اور اُس پر عمل کرنا ہوگا یعنی کرونا کی فُل فارم یہ ہے کہ کلام پاک پڑھنا،روزہ رکھنا،وضو کرونا،نماز پڑھونا،اللہ سے جُڑونا۔تمام دُنیا میں بسنے والے لوگ اگر ان باتوں پر عمل کریں گے تو ہر طرح کی وبائی بیماریوں سے بچیں گے ورنہ کرونا وائرس جائے گا تو کوئی اور وائرس آئے گا''

ڈاکٹر افضل حیات کی بصیرت افروز روحانی باتیں سُن کر سب دنگ رہ گئے۔جان بچی تو لاکھوں پائے،سب کے چہروں سے اطمینان اور اُمید کی کرنیں پھوٹ رہی تھیں۔اُس ملک کے پرائم منسٹر نے فوراً یہ اعلان کر دیا کہ

''ہم کلام پاک کا ترجمہ اپنے ملک کی ہر ایک زبان میں کروائیں گے،اُسے پڑھیں گے اور مساجد کو آباد کروائیں گے''

ڈاکٹر افضل حیات نے جب پرائم منسٹر کی زبانی اعلان نامہ سُنا تو اُنھیں اس بات کی بہت زیادہ خوشی ہوئی کہ کرونا وائرس کے مریضوں کی خدمت کرتے ہوئے اللہ نے آج مجھ سے بہت بڑا کام کروایا ہے۔

☆☆

افسانہ

علیم اسماعیل

خوفِ ارواح

اسے یاد ہے، وہ رات بہت بھاری ہوگئی تھی، جب وہ شہر سے اپنے گاؤں جا رہا تھا۔ رات کے گیارہ بج گئے تھے اور وہ پیدل چل رہا تھا۔ چاروں طرف تاریکی چھائی ہوئی تھی۔ اندھیرے میں جب وہ وہاں سے گزر رہا تھا نہ جانے کیسی کیسی آوازیں اس کے کانوں میں پارا بھر رہی تھیں۔ اُن آوازوں کو وہ سننا تو نہیں چاہتا تھا، پر کان اسی پر لگے ہوئے تھے۔ خود کی آوازِ پا صاف سنائی دے رہی تھی، جو اسے کھٹک رہی تھی، ناگوار معلوم ہو رہی تھی۔ دل کی دھڑکنیں ریل کے انجن کی طرح دھک دھک کر رہی تھیں۔ اس جانب وہ دیکھنا تو نہیں چاہتا تھا لیکن نہ چاہتے ہوئے بھی نظریں ترچھی ہو رہی تھیں۔ پیپل کا وہ قدیم درخت اور اس کی شاخوں سے لٹکی ہوئی لاشوں کا تصور اسے اپنی جانب کھینچ رہا تھا۔ وہ تیز قدموں سے چل رہا تھا، لیکن قدم کہیں کے کہیں پڑ رہے تھے۔ وہ بجلی کی رفتار سے گزر جانا چاہتا تھا پر قدم ساتھ نہیں دے رہے تھے۔ اسے محسوس ہو رہا تھا کوئی اس کے قدموں پر چل رہا ہو۔ اس وقت وہ تمام کہانیاں، جو اس نے اس پیپل کے درخت کے متعلق سن رکھی تھیں، ذہن میں تازہ ہوگئی تھیں۔

وہ بھلا نہیں پا رہا تھا اُن تمام واقعات کو جو ذہن پر نقش جاوداں ہو گئے تھے۔ اس وقت اسے راموو الا واقعہ یاد آ گیا تھا، جو اس کے ذہن پر ایک فلم کی طرح چل رہا تھا۔ واقعہ کچھ اس طرح تھا کہ ایک دفعہ آدھی رات کے وقت گاؤں کا ایک شخص رامو، پسینے میں شرابور، ہانپتا کانپتا، جس کی آنکھیں جھپکنا ہی بھول گئی تھیں، بھاگتے دوڑتے گاؤں میں آیا تھا۔ خوف و دہشت سے اس کے ہاتھ پاؤں ٹھنڈے ہو گئے تھے۔ دیکھتے ہی دیکھتے اس کی حالت ایسی خراب ہوئی جیسے حالت نزع میں ہو۔ گاؤں والوں نے اسی وقت اسپتال میں ایڈمٹ کیا۔ لاکھ علاج کے باوجود وہ اچھا نہ ہو سکا۔ گھبراہٹ سے اس کا منہ ایسا کھلا کہ پھر بند نہ ہوا۔ لوگ کہتے تھے کہ اس نے مرتے مرتے ٹوٹے پھوٹے الفاظ میں اپنی باتیں بتائی کہ پیپل کے درخت کے پاس اس نے بغیر سر کا آدمی دیکھا، جو اس کا پیچھا کر رہا تھا۔ یہ سن کر ہر کسی کے چہرے پر موت تانڈو کرنے لگی۔ ڈاکٹر نے بتایا تھا کہ دل کا دورہ پڑنے کی وجہ سے اس کی موت ہوئی۔

وہ ابھی راستے میں ہی تھا، گھر نہیں پہنچا تھا۔ رات کے بارہ بجنے میں کچھ وقت باقی تھا۔ وہ دعا گو تھا کہ جلد سے جلد گھر پہنچ جائے لیکن راستہ ختم ہونے کا نام ہی نہیں لے رہا تھا۔ وہ طویل النظری میں مبتلا تو نہیں تھا پھر بھی سوائے اس درخت کے، تمام چیزیں دھندلی نظر آ رہی تھیں۔

چلتے چلتے پھر اسے اپنی ماں کی کہی ہوئی ایک بات یاد آ گئی تھی۔ ماں نے اس سے کہا تھا۔ ’’حادثات میں جن کی موت ہو جاتی ہیں اور جو لوگ خودکشی کر لیتے ہیں کہتے ہیں کہ ان کی ارواح اس پیپل کے درخت کے اردگرد بھٹکتی رہتی ہیں۔‘‘ وہ جب بھی روحوں کی کہانی سنتا تھا اس کی روح کانپ جاتی تھی۔ بچپن سے ہی اسے بھوتوں سے بہت ڈر لگتا تھا۔ رامو کا واقعہ، ماں کی کہی ہوئی باتیں اور بہت سے واقعات اس کے خیالات میں گردش کرتے ہوئے چلے آئے تھے، جس کی وجہ سے اس کے خوف میں مزید اضافہ ہو گیا تھا۔

وہ آگے بڑھتا جا رہا تھا پھر ایسا لگا کہ کوئی اس کا تعاقب کر رہا ہے، جس سے بچنے کے لیے وہ دوڑنے لگا تھا۔ سینے میں ایک چبھن ہو رہی تھی۔ دم اکھڑ رہا تھا، الجھ رہا تھا، الٹ رہا تھا۔ پھر وہ ایک جگہ دم بخود کھڑا ہو گیا۔ تب ایسا لگا جیسے پلک جھپکتے ہی کوئی قوت

اسے اپنے حلقۂ آغوش میں لے لے گی۔ وہ لمبی لمبی سانسیں لینے لگا ۔پھر ساکت وصامت حالت کو توڑتے ہوئے تیزی سے سرپٹ دوڑا کہ گھر کی چوکھٹ پر ہی جا کر دم لیا۔ گھر پر جب بھی رات میں پیپل کے درخت کا ذکر ہوتا وہ سبھی کے درمیان بیٹھ جاتا تھا۔

اس کا گاؤں ایک چھوٹا سا دیہات تھا۔ جہاں سے تین کلومیٹر کے فاصلے پر ایک بڑا شہر تھا۔ دن میں ایک دفعہ ایک بس آتی ۔گاؤں میں چند بنیادی ضروریات کی چیزوں کے علاوہ کچھ نہیں ملتا ۔دیگر اشیا خریدنے کے لیے شہر ہی جانا پڑتا اور زیادہ تر لوگ پیدل ہی سفر کرتے ۔ گاؤں اور شہر کے درمیانی راستے میں ایک بہت پرانے پیپل کے درخت کے پاس رات بارہ بجے کے وقت راہ پر خطر ہو جاتی ۔اس وقت اس درخت کے پاس سے گزرنا خطرِ عظیم سے کھیلنے اور موت کو دعوت دینے کے برابر تھا۔ اور کئی دردناک واقعات بھی ہو چکے تھے۔ آس پاس کے گاؤں اور قریب کے شہروں میں بھی یہ دہشت زدگی پھیلی ہوئی تھی۔ اس جگہ کو لوگ موت کا دہانہ بھی کہتے تھے، جہاں دل دہلا دینے والی موت رقص کرتی ہوئی نظر آتی تھی۔

پھر ایک دن جب برداشت نہ ہونے والی وہ دلخراش خبر آئی تب وہ گھر میں ہی تھا۔ ایک ہلچل سی مچ گئی تھی۔ کوئی بتا نہیں رہا تھا کہ آخر ہوا کیا ہے۔ ہر کسی سے پوچھنے پر بھی کوئی معقول جواب نہیں مل رہا تھا۔ پھر اسے کچھ اندازہ ہو گیا۔ تب ہی وہ دل تھام کر اٹھا اور جب وہ خبر سنی تو دل پکڑ کر بیٹھ گیا۔ آنکھیں پھٹی کی پھٹی رہ گئیں۔ منھ سے ایک آہ نکلی اور خاموشی چھا گئی۔ آنکھوں سے آنسوؤں کا ایک قطرہ نہیں گرا۔ سب لوگ سوچتے تھے کہ وہ روئے اور خوب روئے۔ بار بار اسے سواتی کی لاش کے پاس لے جاتے اور کہتے دیکھ تیری پیاری بہن، تیری سواتی اب اس دنیا میں نہیں رہی ، وہ مر گئی ہے۔ لیکن وہ خاموش اور آنکھیں خشک۔ جب سواتی کو آغوشِ لحد کے سپرد کیا گیا اور قبر نے اپنی گود میں لے لیا تب اس کی آنکھوں سے ایک سیلاب پھوٹ پڑا۔ گھر کے سبھی افراد پر ایک قہر ٹوٹ پڑا۔ برداشت نہ ہونے والی حقیقت سے ٹکرا کر ماں کا کلیجہ پاش پاش ہو گیا۔ ابا پر بدحواسی طاری ہو گئی۔ وہ در و دیوار پر دیکھنے لگے اور اسی سے ہی بات کرنے لگے تھے۔

سواتی شہر میں موجود کالج سے گاؤں آرہی تھی اور سڑک حادثے میں اس کی موت ہو گئی۔ وہ بھول نہیں سکا تھا زندگی کے وہ حسین لمحات جب وہ اور اس کی پیاری بہن سواتی ساتھ ساتھ ہنستے، کھیلتے ، بھاگتے ،دوڑتے اور تھک جاتے تھے۔ جب وہ اسکول جانے لگا تو اپنے کمرۂ جماعت کی بجائے سواتی کے ساتھ اسی کے کمرۂ جماعت میں بیٹھ جایا کرتا تھا۔ سواتی کا ساتھ اور اس کی ہر بات رہ رہ کر اسے یاد آتی۔

سواتی کی موت کے بعد خواب شیریں کے لیے وہ ترس گیا تھا۔ کروٹوں میں راتیں کٹ جاتی تھیں۔ وہ خواب گراں کا مزہ چکھنا چاہتا تھا۔ پھر ایک روز بڑی مشکل سے اسے نیند آئی اور سواتی خواب میں آ گئی۔ وہ مشکل میں تھی۔ کچھ کہنا چاہتی تھی اور دوسرے ہی پل خواب پریشاں سے وہ جاگ گیا۔ پھر کئی کروٹیں بدلیں پر نیند آنکھوں سے دور تھی۔ بے چینی کے سبب طبیعت میں بل پڑ رہے تھے۔ نظریں گھڑی کی طرف گئیں۔ رات کے گیارہ بج رہے تھے۔ اچانک ذہن کچھ سوچنے لگا۔ آدھی رات کا وقت اور دور دور تک پھیلا سناٹا چیخ چیخ کر کچھ کہہ رہا تھا۔ وہ اپنے کمرے میں کچھ ڈرا سہما ہوا کھڑکیاں دروازے بند کر کے سونے کی ناکام کوشش کر رہا تھا۔ وہ فرش پر لیٹا ہوا تھا اور اچانک اس کا دھیان پنکھے کی آواز کی جانب مڑ گیا۔ اب وہ پنکھے کو تکے جا رہا تھا۔ پنکھے کی چرررر چرررر کی آوازیں تو روز آتی تھیں، لیکن اب تک اس آواز پر اس کا دھیان نہیں گیا تھا۔ اب وہ آواز خوف پیدا کر رہی تھی۔ شاید پنکھے کا بیرنگ خراب ہو گیا تھا۔ وہ چرررر، چرررر کی آوازیں ڈراونی آوازوں میں تبدیل ہو رہی تھیں۔

اس نے گھڑی کی طرف دیکھا، بارہ بجنے میں کچھ تیس منٹ باقی تھے۔ بستر سے اٹھ کھڑا ہوا، شرٹ پہنی، جوتے پہنے اور گھر کا دروازہ کھول کر باہر کی جانب جھانکا تو دو کتے رو رہے تھے اور کہیں دور سے گھنگروؤں کی آوازیں آرہی تھیں۔ نہ جانے اس وقت ذہن میں کیا بات سمائی کہ وہ گھر سے باہر نکل پڑا۔ کچھ وقت ساکت و جامد کھڑے رہنے کے بعد دھیرے دھیرے پیپل کے درخت کی طرف بڑھنے لگا۔ اس وقت قدموں میں ڈگمگاہٹ نہیں تھی اور نہ ہی دل کسی بات کا ڈر محسوس کر رہا تھا۔ آہستہ آہستہ درخت کی جانب قدمزن ہوا۔ قدموں میں پہلے جیسی لڑکھڑاہٹ بھی نہیں تھی اور وہ خود بخود اٹھ رہے تھے۔ چلتے چلتے وہ رک گیا۔ درخت اب اس کے سامنے تھا۔ کچھ وقت خاموش کھڑے رہنے کے بعد وہ چیخ پڑا۔ پھر رات بھر اس پیپل کے درخت کے گرد گھومتا، اس کی شاخوں کو ہلا ہلا کر چیخ چیخ کر اپنی فریاد سناتا اور اسے بلاتا رہا۔ رات یوں ہی گزر گئی لیکن اس کی مراد پوری نہ ہوسکی اور ایک سر توڑ کوشش اور ریاض شاقہ کو کامیابی نہ مل سکی۔

صبح وہاں سے گزرنے والے لوگ اسے گھر لائے۔

دیکھتے ہی ماں زار و قطار رونے لگی اور روتے روتے کہہ رہی تھی ''سُنیل، بیٹا تو جانتا ہے نہ اس پیپل کے درخت پر روحوں کا بسیرا ہے۔ تجھے تو بھوتوں سے بہت ڈر لگتا ہے۔ بیٹا، پھر تو وہاں کیوں گیا تھا؟''

وہ دیوار پر ٹکٹکی باندھے دیکھتا رہا پھر ماں سے کہا۔

''بھوتوں کا ڈر میرے اندر سے ختم ہو گیا ماں....جن ارواح سے میں خوف کھاتا تھا وہ خوف اب مجھ میں نہیں رہا ماں.....مجھے سواتی سے ملنا ہے ماں۔''

☆☆

افسانہ

فیاض احمد ڈار

عجیب رات

اندھیرا ہی اندھیرا تھا، چاروں طرف گھمسان کا رن پڑا تھا۔ ہر طرف آپا دھاپی عالم تھا۔ سناٹے بھری رات میں مظلوموں کی آہ و زاری سے مسافر کے پیروں تلے زمین کھسک رہی تھی اور آسمان تھرتھرا رہا تھا۔ رات کی دہشت سے اس کی زبان گُنگ اور کان بہرے ہوگئے تھے۔ کُتے گلی کوچوں میں ڈرے سہمے کہیں بھونکتے، کہیں دوڑتے اور کہیں پر روتے تھے۔ سناٹا دیرے دیرے بڑھ رہا تھا۔ ٹھنڈی ہوا کے جھونکوں میں بھی مسافر کا چہرہ عرق آلود تھا۔ ہر شئے کی پرچھائیں لمحہ بھر میں دوگنی ہو رہی تھیں۔ دہشت بھری رات میں درختوں کے سوکھے زرد پتے یکا یک نیچے آ کر گر جاتے۔ جس سے مسافر پر کپکپی سی طاری ہوجاتی۔ اسی دوران ہوا کا بگولہ چکراتے ہوئے دُور دُور تک پھیلنے لگا۔ یہ دیکھ کر مسافر کو لگا کہ بگولہ اپنے ساتھ کالے کتوں کو اٹھا کر لے جائے گا مگر ایسا نہ ہوسکا۔ کاروان منزل کی اور بڑھ گئے تھے۔ ایک مسافر راستے سے بھٹک گیا' کچھ اپنی غفلت شعاری سے، کچھ سات پردوں کے اندر رہنے والوں کی سازش سے۔ ان کی راہ گرد و غبار سے اٹی ہوئی تھی، کہیں کوئی نقش پا نہ تھا۔ حالانکہ صدیوں پہلے ستاروں کے قافلے کا گزر اس راہ سے ہوا مگر یہ پُر اسرار سناٹا! لیکن چمن آرائے جہاں اس سناٹے کو دور تلک لینے کا منصوبہ باندھ رہا تھا۔

مسافر کو اس کانٹے دار راستے پر چلنے کی جرأت نہیں ہوتی۔ اس کے تصور سے ہی اس کے مساموں سے پسینہ بہنے لگتا تھا، بدن آگ کے تندور کی طرح جلتا تھا۔ ٹیڑھا کوہستانی کٹھن راستہ۔ اس راستے پر کالے کتے اور زرد سور لیٹے رہتے۔ وہ ٹھکیدار بن کر راہ گیروں کو کاٹتے تھے، نہ خوفِ خُدا اور نہ خوفِ آخرت، بس عارضی کھیت کو باغ ارم سمجھتے تھے۔ وہ مسافر کو گھور رہے تھے جیسے وہ انسان نہ تھا، شکار تھا۔

''کہاں جا رہے ہو'' کتوں کے سیاہ ہونٹ ہلے۔

''میں مقصود کو ملنا چاہتا ہوں.............''

''کون مقصود ....؟'' انہوں نے پلکیں جھکائیں اور دوسرے لمحے ان کی یادداشت نے اُن کا ساتھ دیا،''اوہ سمجھا! وہ جو بہارستان میں رہتا..........''

''جی ہاں، وہی.......................''

''مگر''

''مگر کیا''

''وہاں تم یوں ہی نہیں جا سکتے ہو۔ نذرونیاز کیا کرو، پہنچ سکتے ہو۔''

''کونسا نذرونیاز.................''

''تحفہ، چائے، خبردار آگے نہیں بڑھنا، محافظ پکڑ لینگے۔''

کالے کتوں کے جواب سے مسافر لمحہ بھر آگ بگولہ ہوگیا۔۔

ان کی ٹانگیں جیسے تک سوختہ ہوگئے۔''

''آیئے آیئے تھیلا اور پرس مال بھر کے آیئے۔ ہم آپ کو لئے چلتے ہیں۔

یہاں بغیر مال کوئی داخل نہیں ہوسکتا۔''

راہ گیر کو اس کٹھن راہ پر پاؤں کے تلوے میں کانٹے چبھنے کا اندیشہ رہتا۔ حالانکہ مدّت سے مسافر نے ٹیڑھے کوہستانی راستے کو عبور کرنے کا خواب دیکھا تھا، خیالی دنیا میں وہ اس راستے کو عبور کر چکا تھا، منزل مقصود پر پہنچ گیا تھا۔ کاروان کے اراکین سے گفت شنید ہوا تھا۔ درحقیقت انہیں جی کی جی میں رہ گئی۔ کیونکہ مسافر کے

راستے میں کالے کُتے پَسی کی مانند رکاوٹ بن گئے تھے۔ چنانچہ کالے کتوں نے تہلکہ مچا رکھا تھا، صرف گرم ہاتھ والوں کے لئے راستہ ہموار تھا۔ مسافر کی آمدرفت پر قدغن تھی۔ مسافر پہلے پہل چکرایا، اس کے ماتھے پر قدغن سے شکن پڑے۔ اچانک راہ گیر اُٹھ کھڑا ہوا۔ بہادری سے کام لیتے ہوئے، وہ اپنی منزل کی طرف روانہ ہوا۔ ان کی باتوں میں وزن تھا منزل کے کئی پڑاؤ بہ آسانی طے پائے۔ لیکن آخری پڑاؤ پر پہنچ کر مسافر اور کالے کتوں کے درمیان باتوں باتوں میں تو تو میں میں ہوئی۔ مسافر بولا کیونکر یہاں بیٹھے ہو۔ بھاگو یہاں کُتو بھاگو۔ یہاں تمہیں بیٹھنے کا حق نہیں بنتا، جا آنگن کے کونے میں بیٹھو اور خشک کھرچن کھاو۔ یہ سنتے ہی کُتے آگ بگولہ ہوگئے۔ کتوں نے ایک دوسرے کو کانوں کان خبر کی۔ دیکھتے ہی دیکھتے کالے کتوں کی ٹولی جمع ہوئی لیکن کتوں کا سربراہ بڑی مونچھیں، لمبا دُم اور کمر پر لمبے بال والا کالے رنگ کا تھا۔ اس نے ماتحتیوں سے صلاح ومشورہ کیا، کئی احکام جاری کئے، کچھ پر عمل درآمد ہوا۔ ادھر آوارہ پھرتے پھرتے کُتے پاگل ہوگئے۔ انھوں نے مسافر کو چاروں طرف گھیر لیا اور کاٹ کاٹ کر ہلاک کر دیا تن وتنہا ایک عجیب رات میں۔

☆☆

افسانہ

محمد قمر سلیم

لپ لاک

آج رچنا کا کالج میں پہلا دن تھا۔جیسے ہی وہ کالج کے کامن اسٹاف روم میں داخل ہوئی مسز اگروال نے پر زور خیر مقدم کیا۔

'آؤ رچنا آؤ، پلیز پے اٹینشن! ہماری ایک اور نئی ساتھی آ گئی ہیں مس رچنا۔ رچنا کے تقرر میں میں بھی شامل تھی۔' انھوں نے بڑے فخر سے کہا،' آؤ رچنا ادھر بیٹھ جاؤ۔'

رچنا نے اچٹتی سی نظر اسٹاف میں بیٹھے تمام اساتذہ پر ڈالی اور اس کی نگاہ ایک کونے میں بیٹھی ہوئی نازک سی لڑکی کی طرف جا کر ٹھہر گئی ۔وہ اس کی ہم عمر تھی ۔رچنا نے مسز اگروال کا شکریہ ادا کیا اور اس لڑکی کے پاس جا کر بیٹھ گئی۔ اس کا نام اپسرا تھا۔وہ صرف نام کی ہی اپسرا نہیں تھی ۔ایسا لگتا تھا جیسے وہ سورگ سے اتری ہوئی اپسرا ہے۔ دھیرے دھیرے رچنا اپسرا سے قریب ہوتی چلی گئی۔ اپسرا کا تقرر بھی چھ مہینے پہلے ہی ہوا تھا۔اس کا پانچویں منزل پر اپنا کیبن تھا۔ایک مہینے بعد رچنا کو بھی کیبن مل گیا ۔حسن اتفاق دونوں کے کیبن برابر برابر تھے۔ رچنا یار باش قسم کی لڑکی تھی ۔یہی وجہ تھی کہ صرف تین مہینے میں ہی نہ صرف وہ اپسرا کے بہت قریب آ گئی تھی بلکہ کالج کے زیادہ تر اساتذہ سے اس کے اچھے مراسم قایم ہو گئے تھے۔

رچنا اور اپسرا نفسیات کے شعبے سے تعلق رکھتی تھیں ۔رچنا کسی نہ کسی بہانے اپسرا کے کیبن میں آ ہی جاتی تھی ۔اسے اپسرا بہت اچھی لگتی تھی ۔رچنا کو اس طرح اپنی طرف بڑھتا دیکھ اب اپسرا بھی اس میں دلچسپی لینے لگی تھی ۔ایک وقت ایسا آیا کہ دونوں ایک دوسرے سے جدا ہی نہیں ہونا چاہتی تھیں ۔کالج میں امتحانات ہو چکے تھے۔طلبا کی چھٹی ہو گئی تھیں۔ اساتذہ اپنے اپنے کیبنوں میں بیٹھے امتحان کے کام میں مصروف تھے۔ رچنا اپسرا کے کیبن میں بیٹھ کر اپنا کام کر رہی تھی ۔کام کرتے کرتے اس نے نظر اٹھا کر دیکھا تو اپسرا بلا کی خوبصورت لگ رہی تھی ۔وہ کچھ منٹ تک ایسے ہی اپسرا کو دیکھتی رہی ۔اپسرا اپنے کام میں مصروف تھی لیکن اس کی چھٹی حس کہہ رہی تھی کوئی تو بلا رہا ہے۔اس نے نظر اٹھا کر دیکھا تو اپسرا اسے مدہوش نگاہوں سے متواتر دیکھے جا رہی تھی ۔وہ دونوں ایک دوسرے کی مست نگاہوں میں کھو گئے۔ اور پھر دونوں کی قوت برداشت جواب دے چکی تھی ۔رچنا نے کیبن کا دروازہ لاک کر دیا، پھر کھڑکیوں کے بلائنڈس کو بھی نیچے گرا دیا۔اور پھر! رچنا اپسرا کے نازک نازک لبوں پر اپنے ہونٹ رکھنے جا ہی رہی تھی کہ اپسرا گھبرا کر پیچھے ہٹ گئی ۔اس کی سانسیں تیز ہو گئی تھیں۔ ماتھے پر پسینے کی بوندیں نمایاں تھیں۔ تبھی رچنا بولی، 'ڈونٹ وری بے بی'۔اس نے پھر اپنی مدہوش آنکھیں اپسرا کی آنکھوں میں ڈال دیں۔اپسرا کبھی اسے دیکھتی ،تو کبھی اپنی نظریں نیچی کر لیتی ۔رچنا اس کے اور قریب آ گئی، اور قریب آئی اور قریب آئی ۔اس نے اپنی دونوں باہیں اپسرا کی گردن میں ڈال دیں ۔اس کو اپنے اتنے قریب کھینچ لیا کہ وہ دونوں ایک دوسرے کی دھڑکنے سن سکتی تھیں ۔اپسرا کو اپنی سانسوں پر قابو نہیں تھا۔اس کا دل کسی دھونکنی کی طرح دھڑک رہا تھا۔ رچنا نے اس کا چہرہ اپنے ہاتھوں میں لے لیا۔اس نے اپنے تپتے ہوئے ہونٹ اپسرا کے نرم و نازک ہونٹوں پر رکھ دیے ۔اور پھر وہ ایک دوسرے کے ساتھ لپ لاک میں مشغول ہو گئیں۔ ایسا لگ رہا تھا جیسے آج دونوں رس سے بھری پنکھڑیوں کو چوس چوس کر مدہوش ہونے کے موڈ میں ہیں ۔دونوں بہت دیر تک لپ لاک کی حالت میں رہیں۔

اب ان دونوں نے ایک دوسرے کے گھر بھی آنا جانا شروع کر دیا تھا۔اپسرا ماڈرن گھرانے کی لڑکی تھی۔اس کے گھر والے آزاد خیال تھے۔وہ اپنی مرضی کی مالک تھی۔یہی وجہ تھی اس کے ضدی اور مغرور ہونے کی۔وہ ہر کسی سے ملنا اس لیے بھی پسند نہیں کرتی تھی کہ وہ ہر کسی کو اپنے رتبے کا نہیں سمجھتی تھی۔اس کے کم گو ہونے کو لوگ اس کا شرمیلا پن سمجھتے تھے۔وہ خود حیرت زدہ تھی کہ رچنا نے اس پر کیسا جادو کر دیا ہے۔

رچنا کا گھر اس سے مختلف تھا۔اس کا باپ نہیں چاہتا تھا کہ اس کی بیٹی اعلیٰ تعلیم حاصل کرے۔اس کے باپ کا زیادہ تر وقت شراب کباب کی محفلوں میں گذرتا تھا۔شراب پی کر گھر پر روز ہنگامہ کرنا اور اپنی بیوی کو مارنا پیٹنا اس کا معمول بن گیا تھا۔اسے اپنی ماں پر بہت ترس آتا تھا اور وہ اس بے پناہ محبت کرتی تھی۔وہ آج جو بھی تھی اپنی ماں کی بدولت تھی۔اس کا باپ تو چاہتا تھا کہ اسکول پاس کرنے کے بعد اس کی شادی کر دی جاتی لیکن اس کی ماں دیوار بن کر کھڑی ہوگئی تھی۔

رچنا اور اپسرا کے شادی کے نا جانے کتنے رشتے آئے لیکن دونوں نے ہر بار شادی سے انکار کر دیا۔رچنا کی ماں چاہتی تھی کہ وہ شادی کر لے اور اس جہنم سے باہر نکل جائے۔ہر بار رچنا یہی کہتی تھی ماں میں تجھے چھوڑ کر نہیں جاؤں گی، میں شادی نہیں کروں گی، مجھے مردوں سے نفرت ہے۔رچنا نے اپسرا کے دل میں محبت کی لو جلا دی تھی۔اب دونوں کا ایک دوسرے کے بنا جینا محال تھا۔

اپسرا کے بھائی کی شادی تھی ۔ رچنا اپسرا کے گھر رہنے آ گئی تھی۔رات ہوگئی تھی وہ دونوں ہی سونے کے لیے چلی گئیں۔جیسے ہی وہ دونوں بستر پر لیٹیں رچنا اپسرا کی بلائیں لینے لگی۔رہ رہ کر وہ اپسرا کے پورے بدن کو نہارتی رہی، اور اس کی نظریں ایک خاص مقام پر آ کر ٹھہر جاتیں۔اپسرا بھی اس سے بے خبر نہیں تھی۔وہ دونوں اپنے آپ کو روک نہیں سکیں اور پھر انھوں نے اپنے لبوں کو ہی لاک نہیں کیا تھا بلکہ لبوں کی حدیں بھی پار کر گئیں اور شرم وحیا کے سارے پردے اتار پھینکے تھے۔عجب سا نشہ تھا ان کے ملن میں۔اپسرا کے بھائی کی شادی ہونے تک یہ روز کا معمول بن گیا اور پھر وہ جدا ہوگئیں لیکن پیاس اور بھی بڑھ گئی تھی۔دونوں کے بدن میں نہ بجھنے والی آگ لگی ہوئی تھی۔

'یہ حکومت ہم لوگوں کو شادی کرنے کی اجازت کیوں نہیں دیتی۔آخر اس میں غلط ہی کیا ہے۔'اپسرا نے فکر مند لہجے میں کہا۔

'یہ مذہب کے رکھوالے حکومت کو ایسا نہیں کرنے دیں گے لیکن بے بی غم نہیں کر و ایک دن ہم ضرور ایک بندھن میں بندھ جائیں گے۔' رچنا نے احتجاجاً کہا۔

'کاش ایسا جلدی ہو'اپسرا نے آہ بھرتے ہوئے کہا۔

وقت گزرتا گیا اور پسرا ایک عدد بھتیجے کی پھوپھی بن گئی۔اب اس کی ماں نے اس کی شادی کی شدت پکڑ لی۔ان کی ضد پر آخر کار اپسرا نے کہہ ہی دیا کہ وہ رچنا سے شادی کرے گی۔بس پھر کیا تھا گھر میں ہنگامہ برپا ہوگیا۔اس کے باپ کو مانو سانپ سونگھ گیا۔ماں کا روتے روتے برا حال تھا اور بھائی ماں باپ کے بے جا لاڈ پیار کی دہائیاں دیتے نہیں تھک رہا تھا۔اس کی بیوی نے بھی کہہ ہی دیا یہی ہیں سنسکاری لوگوں کے سنسکار۔بس اس دن سے رچنا پر اپسرا کے گھر کے دروازے بند ہوگئے۔اپسرا کا بھائی نہیں چاہتا تھا کہ وہ کالج بھی جائے۔

دنیا میں ہم جنس شادی کی پر زور وکالت کی جا رہی تھی۔بہت سے ملکوں میں مظاہرے ہوئے اور حکومتوں نے ہم جنس شادی کو قانون بنا کر جائز قرار دے دیا۔زیادہ تر ملکوں میں اس شادی کو حرام اور ناجائز سمجھا جا رہا تھا۔مذہبی رہنماؤں نے اسے گناہِ عظیم قرار دے دیا تھا۔مذہبی تنظیمیں اس شادی کے خلاف کمر بستہ ہوگئی تھیں۔ہر ملک میں یہ معاملہ حکومت کا درد سر بن گیا تھا۔رچنا اور اپسرا کا ملک بھی اس سے اچھوتا نہیں تھا۔کسی بھی مظاہرے میں

وہ دونوں پیش پیش رہتی تھیں۔اب یہ بات کالج میں بھی پھیل چکی تھی لیکن انھیں اس کی پرواہ نہیں تھی۔ ان کا صرف ایک مقصد تھا ایک قالب میں دو جسم سما جائیں۔

ملک کی راجدھانی میں مئی کی چلچلاتی دھوپ میں ہم جنس حامیوں کا قانون بنانے کے لیے بہت بڑا مظاہرہ اور دھرنا تھا۔اپسرا کی طبیعت کچھ ناساز تھی اس لیے وہ مظاہرے میں شریک نہیں ہوسکی۔معمول کے مطابق رچنا پیش پیش تھی۔اسے امید تھی کہ آج ضرور اس کے دل کی مراد پوری ہوگی۔آج ضرور وہ لوگ حکومت کو جھکا کر ہی دم لیں گے۔اور پھر وہ اور اپسرا ہمیشہ ہمیشہ کے لیے ایک دوسرے کے ہو جائیں گے۔سبھی مظاہرین زور زور سے نعرے لگا رہے تھے کہ اچانک رچنا چکر کھا کر گر پڑی۔لوگ رچنا کو اسپتال لے کر بھاگے۔خبر ملتے ہی اپسرا اسپتال پہنچ گئی۔

رچنا کو ایمرجنسی وارڈ سے کمرے میں شفٹ کر دیا گیا تھا۔اپسرا تمام مخالفتوں کے باوجود تین دن سے رچنا کے پاس ہی رکی ہوئی تھی۔آدھی رات کو اچانک رچنا کی طبیعت بگڑ گئی۔اپسرا نے بیل کی طرف ہاتھ بڑھایا ہی تھا کہ رچنا نے اس کا ہاتھ پکڑ لیا اور اسے بیل بجانے سے روک دیا۔اپسرا رچنا کے ہاتھوں کو چومنے لگی۔رچنا نے اشارے سے اس سے لپ لاک کرنے کے لیے کہا اور بڑبڑانے لگی،'اپسرا اپنے ہونٹ میرے ہونٹوں پر رکھ دو۔میری تشنگی بجھا دو۔اپسرا جلدی کرو'اس کی سانسیں اکھڑ رہی تھیں۔اپسرا نے اپنے نرم و نازک ہونٹوں کو رچنا کے ہونٹوں پر رکھ دیا۔ان میں وہی گرمی تھی جب رچنا نے پہلی بار اپنے ہونٹ اس کے ہونٹوں پر رکھے تھے۔لپ لاک ہوتے ہی رچنا کے ہاتھ ڈھیلے پڑ گئے اور اس کی گردن ایک طرف لڑھک گئی۔

رچنا کی موت کے بعد اپسرا کو کوئی بھی شادی کرنے کے لیے راضی نہیں کر سکا۔ادھر اس کے بھائی کے دو جڑواں بچے پیدا ہوئے۔اپسرا نے اب اپنا سارا دھیان اپنے کیریئر پر لگا دیا تھا۔ اس کے والدین اس کی شادی کا انتظار اپنی آنکھوں میں سمیٹے ہوئے اس دنیا سے رخصت ہو گئے۔اپسرا نے اپنی ساری جوانی رچنا کی یادوں کے سہارے گذار دی اور اب وہ بڑھاپے کی کگار پر کھڑی تھی۔ اس کا بھتیجا اور بھتیجیاں جوانی کی دہلیز پر قدم رکھ چکے تھے۔آج رچنا کی برسی تھی۔یوں تو ہر سال اس کی برسی آئی لیکن اپسرا اتنی بے چین کبھی نہیں تھی جتنا کہ آج۔وہ اپنے بستر پر لیٹی ادھر سے ادھر کروٹیں بدل رہی تھی۔اس کے پورے بدن میں کانٹے چبھ رہے تھے اور آج برسوں بعد پہلی بار اس نے اپنے بستر پر اپنی حدوں کو پار کیا تھا۔جس دن سے رچنا کی موت ہوئی تھی اس دن سے نہ تو وہ خود اس جگہ سوئی اور نہ ہی کسی اور کو اس جگہ سونے دیا جہاں وہ رچنا کے ساتھ ہم بستر ہوئی تھی۔اس نے اس جگہ کو یادوں کا گھروندہ بنا دیا تھا۔اس کا روز کا معمول تھا کہ سوتے وقت وہ اس جگہ پر اپنا ہاتھ رکھ کر سوتی تھی لیکن آج وہ پورے بستر پر لوٹ رہی تھی۔ باہر بادل گرج رہے تھے،بجلی کوندرہی تھی اور بارش تیز تھی۔نہ جانے کتنے گھنٹوں وہ ایسے ہی بستر پر لوٹتی رہی۔اس کی بے چینی بڑھتی جا رہی تھی۔وہ بستر سے اٹھی، دوپٹے سے اپنے آنسو پوچھے۔بارش رک چکی تھی۔سورج بادلوں کی اوٹ سے جھانکنے کی کوشش کر رہا تھا۔جیسے ہی اپسرا نے کھڑکی سے باہر جھانکا نسیم سحر کے جھونکوں نے اس سے اٹکھیلیاں شروع کر دیں۔اس نے گھبرا کر کھڑکی بند کر دی اور کمرے میں دیوانہ وار چکر لگانے لگی۔کمرے میں اسے گھٹن محسوس ہو رہی تھی وہ غیر ارادی طور پر کمرے سے باہر نکل گئی۔راہ داری میں اس کے کچھ قدم ہی بڑھے ہوں گے کہ ٹھٹھک کر رک گئی۔اس کے قدم منجمد ہو گئے،پورے بدن میں سنسنی دوڑ گئی،آنکھیں پھٹی کی پھٹی رہ گئیں،منھ حیرت سے کھل گیا۔اس کا سر چکرا رہا تھا۔

سامنے والے کمرے میں اس کی دونوں بھتیجیاں 'لپ لاک' پوزیشن میں تھیں۔ ☆☆

افسانہ

مزمل شبلی

سراب اور منزل

صبح کے چار بجے تھے۔ جمال ملک حسب معمول غسل سے فارغ ہوکر فجر کی نماز کے لئے تیار تھے۔ ان کی شریک حیات نے چائے تیار کی اور اپنے شوہر کے ساتھ گھر کے دالان میں پڑے جھولے میں بیٹھ کر چائے کی چسکیاں لیں۔ چار بج کر تیس منٹ پر فجر کی آذان ہوئی اور جمال ملک مسجد کی طرف روانہ ہوئے۔ جمال ملک کے گھر سے مسجد کا فاصلہ اتنا ہی تھا کہ بیس منٹ میں پیدل چل کر پہنچ جاتے تھے۔ نماز پڑھ کر واپس آئے اور کرتا پائے جامہ اتار کر فارمل کپڑے زیب تن کئے۔

جمال ملک آج سے قریب تین سال پہلے تینتیس گز کے مکان میں اپنے والدین اور دو بھائیوں کے ساتھ تنگی کی زندگی بسر کرتے تھے۔ اس بات کا انہیں شدید احساس تھا کہ تین بیٹے ہوتے ہوئے بھی ان کے والدین کس قدر تنگی کی زندگی بسر کر رہے ہیں۔ جمال ملک کے ابا سرکاری محکمہ میں چپراسی کے عہدے پر فائز تھے جبکہ ایک اچھے تعلیم یافتہ انسان تھے لیکن نوکری نہ ملنے کے باعث ایک استاد کی نوکری حاصل نہ کر سکے اور بلآخر اپنے بیوی بچوں کے خاطر چپراسی کی نوکری کرنے لگے۔

جمال ملک کے والدین اب اس دنیا میں نہیں، لیکن جیتے جی انہوں نے اپنی ساری زندگی اسی کوشش میں لگا دی کہ ان کے بچے خوب تعلیم حاصل کریں، خوب ترقی کریں، لیکن ہمیشہ ایک ساتھ ایک ہی چھت کے نیچے مل جل کر، ایک جٹ ہوکر، پیار محبت سے، اک دوجے کا ساتھ دیتے ہوئے زندگی گزاریں۔

والدین کے اس جہان فانی سے گزر جانے کے بعد جمال ملک کے سب سے بڑے بھائی ''انوار ملک'' (جن کے کاندھوں پر اب ساری ذمداری تھی) نے گھر کا سودا کر دیا۔ گھر بیچ کر جو رقم وصول کی اس میں سے آدھی اپنے دونوں بھائیوں کو دے دی اور آدھی رقم خود لے کر انوار ملک نہ جانے کہاں غائب ہوگیا۔

جمال ملک اب اپنے چھوٹے بھائی ''یوسف ملک'' کے ساتھ کرائے کے مکان میں رہنے لگے۔ یوسف ذہین تھا۔ منجھلے بھائی نے خود یوسف کو پڑھایا تھا۔ دن رات جمال نے یوسف کو پڑھانے میں لگا دیے، یوسف خود بھی خوب لگن سے پڑھتا تھا اور اب وہ اپنے کالج کا سب سے زیادہ ہونہار (TOPPER) طالب علم بن چکا تھا۔ یوسف بچپن سے ہی ڈاکٹر بنا چاہتا تھا۔

ایک دن کالج میں یوسف کی نظروں نے ایک لڑکی کو دیکھنے کی خطا کر دی۔ اس دن یوسف کے دل نے پہلی بار اتنا شور مچایا جتنا سمندر کی لہریں مچاتی ہیں۔ یوسف گھر لوٹا اور رات بھر اس کی آنکھوں کے سامنے اس لڑکی کا وہ منظر چھایا رہا

''فارمل کپڑوں میں ملبوس یعنی سفید شرٹ، نیلی جینس، آنکھوں پر GOGGLE، ریشمی بکھرے بال، بلیک رنگ کی کار میں سے پہلے اس نے دایاں پاؤں باہر نکالا پھر جیسے ہی وہ باہر نکلی، ہواؤں نے اس کی زلفوں کو پریشان کرنا شروع کر دیا! اور بس''۔

یوسف کی نظروں نے وہ پہلی اور آخری خطا کی تھی کیونکہ اس دن کے بعد سے اس لڑکی کا کچھ پتہ نہ چلا۔ کون تھی، اس کا نام کیا تھا، کہاں سے آئی تھی اور کہاں چلی گئی۔

یوسف اب گھر میں خاموش رہنے لگا۔ جمال اس کے پاس جا کر بیٹھا اور اس کا ہاتھ اپنے ہاتھ میں تھامتے ہوئے بڑے اشتیاق سے پوچھا۔

''تمہاری پڑھائی کیسی چل رہی ہے یوسف''

''ہاں۔ہاں۔ہاں۔ہاں''

(یوسف نے ذرا گردن کو ہلاتے ہوئے جواب دیا)

''تم جا کر سو جاؤ یوسف''

یوسف نے کچھ نہ کہا اور اٹھ کر چلا گیا۔

جمال اپنے بھائی کی خاموشی کو بھانپ چکا تھا۔تین مہینے بعد یوسف آج کالج گیا تھا اور یہ اتفاق ہی تھا کہ وہ لڑکی بھی اس دن وہاں موجود تھی۔یوسف اس کو دیکھ کر تڑپ اٹھا اور سیدھے اس پری رو سے اپنے عشق کا اظہار کر دیا۔یوسف کے اس بے خوف اظہار سے وہ کچھ سہم سی گئی اور اس نے سب کے سامنے یوسف کو تھپڑ مار دیا۔

سارے کالج کے سامنے، کالج کے سب سے ہونہار لڑکے کو ایک لڑکی نے تھپڑ مارا، ایک اجنبی لڑکی نے۔جسے دیکھ کر یوسف کے دل میں ایک رومانی شور مچا تھا وہ شور اچانک تھم سا گیا۔

دن ڈھل رہا تھا، یوسف گھر نہیں پہونچا تو اس کا بھائی جمال پریشان ہو گیا۔اس نے یوسف کے دوست ''جیکسن'' کو فون کیا لیکن رات چونکہ بہت ہو چکی تھی اس لئے فون نہ اٹھ سکا۔جمال بارش میں بھیگتے ہوئے جیکسن کے گھر پہونچا۔سارا احوال جیکسن نے جمال کو سنایا۔اب جمال کی بے چینی مزید بڑھ گئی۔

''ایک لڑکی نے یوسف کو تھپڑ مارا، وہ بھی صرف اس لئے کہ اس نے محبت کی تھی یا اس لئے کہ اظہار سارے کالج کے سامنے کر دیا تھا''

جمال دل ہی دل میں سوچتا چلا جا رہا تھا۔اس کی آنکھیں پانی سے بھری تھیں۔بارش کا پانی اس کی کمر کو چھو گیا تھا لیکن جمال کو یہ احساس تک نہ تھا کہ بارش ابھی تھمی نہیں ہے اور وہ آدھا پانی کے نیچے اور آدھا پانی کے اوپر چل رہا ہے۔وہ تو کسی گہری سوچ میں ڈوبا ہوا تھا۔

اس طوفانی بارش میں جمال نے ساری رات یوسف کو ڈھونڈا، شاید کسی گوشے میں بیٹھا مل جائے....شاید یہ، شاید وہ، لیکن یوسف کہیں نہ ملا۔

آفتاب طلوع ہوا تو جمال فارغ ہو کر سب سے پہلے بھائی کے کالج گیا۔پرنسپل سے ملاقات کی لیکن بھائی کا پتہ نہ پایا۔آخر جمال نے اس اجنبی لڑکی اور اس دن کے واقعہ کے بارے میں جاننا چاہا۔

''سر ایک لڑکی نے یوسف کو کل تھپڑ مارا تھا۔کیا آپ مجھے بتا سکتے ہیں کہ وہ کون ہے؟''

(جمال نے پرنسپل سے پوچھا)

پرنسپل نے کہا.................

''جمال دراصل یوسف کو یہ نہیں پتہ تھا کہ وہ کون ہیں، ان کا نام کیا ہے، ان کا عہدہ کیا ہے''

''یوسف نے سیدھے اپنی محبت کا اظہار کر دیا تھا، جو یقینن ان کو ناگوار گزرا۔ہاں یہ بھی غلط ہوا کہ انہوں نے بھی غصہ میں کالج کے سب سے ہونہار لڑکے کو تھپڑ مار دیا۔''

جمال نے سوال کیا....سر...دونوں میں سے غلط کس نے کیا؟

پرنسپل نے عقل دوڑاتے ہوئے جواب دیا۔

''یوسف کی غلطی تھی''

جمال کی آنکھیں نم تھیں۔اس نے پرنسپل سے کالج واپس آنے کا وعدہ کیا اور وہاں سے چلا گیا۔

اس دن جمال ملک بہت مایوس تھا۔اس کا دل اندر سے رو رہا تھا اور وہ باہر سے۔سورج آگ اگل رہا تھا۔قریب تھا کہ وہ چکر کھا کر گر جاتا لیکن ہمت نے ساتھ نہیں چھوڑا۔اس نے اپنے بائیں ہاتھ کی آستین سے آنسو پونچھے اور گھر کے راستے پڑنے والے تالاب کے کنارے جا کر بیٹھ گیا۔وہ کسی سوچ میں ڈوبا تھا۔

''میرے بابا نے ساری زندگی گھر جوڑنے میں لگا دی، گھر والوں کو جوڑے میں لگا دی، ہم سب کو ساتھ رکھنے میں لگا دی اور اپنی اسی سوچ کے ساتھ وہ اس جہان فانی سے رخصت ہو کر آسمان میں تاروں کے ساتھ مل جل کر رہنے لگے، اور دیکھو وہاں بھی میرے بابا اپنی اسی سوچ کو برقرار رکھے ہوئے ہیں۔''

''یہاں میرے بابا کی سوچ ایک آئینہ کی طرح ٹوٹ کر بکھر گئی۔ میرے بابا کے تینوں بیٹے الگ ہو گئے۔ انوار بھائی کو دولت نے خرید لیا، یوسف کو ایک لڑکی اور اس کے تھپڑ نے توڑ دیا، نہ جانے دونوں کہاں ہیں۔''

جمال ملک سوچ رہا تھا۔

''یا خدا۔ میرے بھائیوں کو سلامت رکھنا۔ بابا میں وعدہ کرتا ہوں! آپ کے بیٹے پھر ایک ساتھ، ایک ہی چھت کے نیچے رہیں گے۔''

جمال خدا سے دعا کرتے ہوئے اور بابا سے وعدہ کرتے ہوئے تالاب سے اُٹھ کر اپنے گھر پہنچا۔ جہاں

اندھیرا تھا

تنہائی تھی اور

وہ خود تھا۔

ا۔ اندھیرا (جس میں انوار ملک کو دولت کے آگے بابا کی سوچ اور بھائیوں کی محبت نظر نہیں آئی)

۲۔ تنہائی (جو بھیڑ میں ایک لڑکی نے تھپڑ مار کر یوسف کو تحفے میں دی تھی)

۳۔ جمال ملک (جس کے دل میں اب تک بابا کی سوچ کی آخری لَو زندہ و تابندہ ہے)

جمال ملک کچھ دیر تک کھڑا نہ جانے کیا سوچ رہا تھا کہ دفعتہً اس نے اندھیرے میں غرق اپنے گھر کو روشن کرنے کے لئے طاق میں رکھی لیمپ کو آتش کے حوالے کیا۔ جس سے اندھیرا تو چھٹ گیا لیکن تنہائی نہیں۔ جمال نے میز پر رکھیں اپنی کتابیں اٹھائیں! زمین پر چادر بچھا کر اس نے کتابیں چادر پر رکھیں اور پڑھنے لگا۔ پڑھتے پڑھتے وہیں زمین پر نہ جانے کب اپنی کتابوں کے ساتھ سو گیا۔ اس طرح جمال نے اپنی تنہائی بھی دور کر لی۔

ایک دن جمال کے بابا نے اس سے کہا تھا جب وہ تیرہ سال کا تھا کہ:

''بیٹا جمال جب جب تم خود کو تنہا محسوس کرو! تو اپنی کتابیں اٹھا کر ان کے ساتھ باتیں کیا کرو، ان کے سوالوں کا جواب دیا کرو، ان سے سوال بھی کیا کرو۔ بیٹا کتابیں ہماری سب سے اچھی دوست ہوتی ہیں۔ سب تمہارا ساتھ چھوڑ دیں گے لیکن تمہاری کتابیں کبھی بھی تمہارا ساتھ نہیں چھوڑیں گیں، اور یہ کتابیں ہی تمہارے خوابوں کو سنہرے پنکھ لگا سکتی ہیں۔''

صبح کے پانچ بجے تھے، جمال اٹھ چکا تھا۔ اس نے اپنے چہرے پر پانی ڈالا اور پڑھائی میں مشغول ہو گیا۔ دو گھنٹے مسلسل پڑھنے کے بعد گھر سے نکل کر بازار گیا۔ ایک انگریزی اخبار''Times Of India''، ایک ہندی اخبار''Jagran'' اور تین سو گرام دودھ خرید کر گھر لوٹا۔ اپنے لئے چائے تیار کی۔ جب تک چائے تیار ہوئی تب تک وہ''Jagran'' پڑھتا رہا۔ پانچ منٹ بعد چائے تیار ہوئی۔ جمال ملک کو خود کی بنائی ہوئی چائے کبھی پسند نہیں آتی تھی لیکن اسے مجبوراً وہی چائے پینی پڑتی تھی کیونکہ اس کے پاس اس کے علاوہ کوئی چارہ بھی تو نہ تھا۔ چائے کے ہر گھونٹ پر وہ''Times Of India'' سے ایک مشکل لفظ نکال کر Memorise کر لیتا۔ وہ آدھا گھنٹا ہندی اخبار پڑھتا اور آدھا گھنٹا انگریزی اخبار۔

تین سال سے جمال ملک IAS افسر بننے کے لئے محنت اور لگن سے تیاری کر رہا تھا۔ اپنے بابا کے لئے اسے افسر بننا تھا اس لئے اس نے اپنی تیاری میں کسی بھی طرح کی کمی نہ آنے

دی۔ وہ تھا بھی بلا کا ذہین۔

''لمبا چوڑا قد، قریب 6 فٹ 3 انچ کا ہوگا، بھرا ہوا سینہ، رعب دار چہرہ، تندرست وتوانا، بے حد خوبصورت، بے حد حاضر جواب شخص۔''

جمال ملک کی زندگی میں بہت سے واقعات پچھلے کچھ مہینوں سے رونما ہو چکے تھے۔ جہاں اس نے صرف کھویا ہی کھویا تھا پایا کچھ نہیں۔

پہلے اس نے اپنے بابا اور ماں کو ہمیشہ کے لئے کھو دیا اور اب وہ اپنے دونوں بھائیوں کو جدائی کی شکل میں کھو چکا تھا۔

ان واقعات نے جمال ملک کو اندر سے اتنا مضبوط بنا دیا کہ اب وہ انہیں کو ساتھ لیکر اپنے بابا سے کیا ہوا وعدہ پورا کرے گا۔ پھر ایک بار اپنے بھائیوں کو ایک ہی چھت کے نیچے لائے گا۔ افسر بھی بنے گا اور اپنے ملک کی خدمت بھی کرے گا۔

تین ستمبر، جمعہ کا دن۔ یہ وہ دن تھا جس کے لئے جمال نے تین سال اس طرح محنت کی کہ اپنا سب کچھ کھو کر بھی اپنے Target کے حصول کے لئے جنبش نہ آنے دی اور زندگی میں آنے والے کسی بھی قسم کے اتار چڑھاؤ کے ذریعے ہونے والی Tension کو ہمیشہ Bye-Bye کہا۔ کیونکہ بابا نے کہا تھا:

''بیٹا زندگی میں کبھی بھی Tension کو Attention نہ دینا۔ اور اگر ایسا کرو گے تو Target کو بھول جاؤ گے صرف Tension یاد رہ جائے گی۔

جمال کسی سوچ میں ڈوبا ہوا تھا۔ آج اس کی زندگی کا بڑا دن تھا لیکن اسے اس نتیجے کی پرواہ نہیں تھی کہ آج وہ IAS افسر بنے گا بھی یا نہیں۔ وہ اس پل بھی یہی سوچ رہا تھا کہ اپنوں کو کیسے اور کہاں ڈھونڈے۔

وہ کمرے میں بیٹھا تھا۔ Candle کی لو ٹمٹما رہی تھی۔ دھیمی روشنی میں جمال ملک کے ذہن کا چراغ جلا۔ شاید اسے کوئی Idea آیا تھا لیکن تب ہی چھوٹے بھائی یوسف کا دوست جیکسن آ پہنچا۔

''ہاں.... ہاں.... ہاں.... ہاں.... ہاں.... ہاں'' (وہ ہانپ رہا تھا)

''کیا ہوگیا تم کو''؟ (جمال نے پوچھا)

''بھائیجان! وہ لڑکی''

''کون لڑکی''

''بھائیجان! وہ جس نے میرے دوست یوسف کو تھپڑ مارا تھا''

''ہاں تو! اس کا کیا''

''بھائیجان! اس کا پتہ چل گیا ہے۔ وہ کون تھی۔ اس کا نام کیا ہے۔ میں نے سب معلوم کرلیا ہے۔''

جمال تھوڑی دیر خاموش رہا! پھر اچانک کچھ گرم ہو کر، دانت پیستے ہوئے بولا۔

''کون تھی وہ لڑکی! جیکسن بتاؤ مجھے۔''

''AMRITA SHAH''

''وہ کسی IAS آفیسر کے دفتر میں بڑے عہدے پر فائز ہے۔''

''گریڈ ون کی گزٹڈ آفیسر ہے۔''

(جیکسن نے بتایا)

جمال چونکا اور پھر تھوڑا مسکرایا۔ چائے کا پیالہ جو اس کے ہاتھ میں تھا، گھونٹ گھونٹ نہیں بلکہ ساری چائے ایک ہی گھونٹ میں پی گیا اور کمرے میں ٹہلنے لگا۔ جیکسن نے یہ سارا نظارہ اپنی آنکھوں سے دیکھا۔ وہ جمال کے غصہ سے کچھ ڈر سا گیا تھا بلکہ وہ سمجھ نہیں پا رہا تھا کہ یہ غصہ ہے یا خوشی ہے وہ تو بس کھڑا کھڑا سب کچھ دیکھ رہا تھا۔

''چھوٹے، بے حد شکریہ! اب تم گھر جاؤ'' (جمال نے

جیکسن سے کہا)

جیکسن سلام کرتے ہوئے اپنے گھر چل دیا۔ جمال اپنے کمرے میں ہی تھا اور اب وہ چکر لگا رہا تھا۔ شاید اب اسے زندگی میں پہلی بار TENSION ہونے لگی تھی۔ نتیجہ آنے ہی والا تھا۔ جمال کو ہلکا ہلکا پسینہ آ رہا تھا، اس کے ہاتھ کچھ کانپ سے رہے تھے۔ اس بیچ وہ کئی بار پانی بھی پی چکا تھا۔

جیکسن کا گھر ایک POSH COLONY میں تھا۔ جب وہ جمال کے پاس سے گھر جا رہا تھا تب راستے میں اس کے کانوں نے ایک آواز سنی۔ وہ ادھر ادھر دیکھنے لگا کہ آواز کہاں سے آ رہی ہے لیکن کچھ نہ پایا۔ پھر ذرا نظریں اٹھا کر دیکھا، تو Screening ہو رہی تھی۔

''JAMAL MALIK''

''IAS OFFICER''

''TOPPER OF THE BATCH''

جب وہ اپنے علاقے میں پہنچا تو وہاں بھی چاروں طرف جمال ملک کی ہی Screening ہو رہی تھی۔ اب تو جیکسن کی خوشی کا ٹھکانا نہ رہا، اس نے گھر جانے کا ارادہ ترک کر دیا اور اپنی سائیکل کو وہیں پھینک کر دوڑ لگاتا ہوا واپس جمال کے گھر پہنچا۔

''بھائیجان''..... (بھاگ کر آیا تھا وہ ہانپ رہا تھا، اس لئے آواز دھیمی ہی نکل رہی تھی)

جمال نے پیچھے مڑ کر دیکھا...... جیکسن کھڑا تھا۔''

چھوٹے تم ابھی تک یہیں کھڑے ہو، گھر نہیں گئے، کتنی دیر پہلے تمہیں گھر جانے کو بولا تھا''۔ کتنی گہری سوچ میں تھا اس دن جمال کہ اس کو یہ بھی خبر نہیں، جیکسن جا کر واپس بھی آ گیا تھا۔ اور اب وہ اس کے لئے کیا Good News لایا ہے۔

جمال جیکسن کے قریب گیا۔ اس کی آنکھیں نم تھیں۔ وہ خوشی کے آنسو تھے۔ اسی پل جمال نے جیکسن کو گلے لگا لیا۔''

بھائیجان آپ IAS OFFICER بن گئے۔ میں ابھی ابھی اپنی آنکھوں سے دیکھ کر اور کانوں سے سن کر آ رہا ہوں''۔

'' You Got 1st Rank in Your Batch''

''میں جب گھر جا رہا تھا، تب راستے میں لکھا دیکھا، بھائیجان Screening ہو رہی تھی۔''

''JAMAL MALIK''

''IAS OFFICER''

''TOPPER OF THE BATCH''

''سب لوگ دیکھ رہے تھے اور تالیاں بجا رہے تھے۔''

''بھائیجان آپ نے جو وعدہ بابا سے کیا تھا آج وہ پورا ہو گیا ہے بھائیجان''۔

جیکسن بے انتہا خوش تھا، وہ تو بولے ہی جا رہا تھا۔ یہ خبر سن کر جمال کی آنکھیں بھر آئیں، وہ ذرا باہر گیا اور آسمان کی طرف دیکھنے لگا۔ اس وقت جمال وہاں آسمان میں اپنے بابا کے ساتھ تھا۔ سلمان ملک نے اپنے بیٹے کو نم آنکھوں سے مسکراتے ہوئے گلے لگا لیا، گویا جیسے آسمان میں بادل کے چھوٹے چھوٹے دو ٹکڑے انسانی شکل اختیار کر کے آپس میں باتیں کر رہے ہوں۔

بادلوں سے گھرا ہوا سارا آسمان اس دن جھوم جھوم کر جمال ملک کی کامیابی کا جشن رہا تھا اور جس آسمان کو وہ مبہوت ہو کر دیکھ رہا تھا اس نے تحفہ میں جمال پر رحمت کی بارش کی بوچھار کر دی۔ گویا بارش نے پورے ہندوستان کو جمال ملک کی خوشیوں میں شامل کر لیا تھا۔

بارش کی پہلی بوند جیسے ہی جمال کے ماتھے پر آ گری، اس کی آنکھیں آسمان سے گزرتے ہوئے زمین سے جا ملیں اور تب جمال کو ہوش آیا۔ جیکسن ابھی بھی وہیں کھڑا تھا۔

''چھوٹے تیاری کرو، کل ہمیں یوسف کے کالج جانا

ہے'' (جمال نے جیکسن سے کہا)

''Okay Sir''

''جے ہند''

(گویا جیکسن نے اسی لمحہ سے جمال کو افسر مان لیا تھا)

ایک مدت کے بعد آج جمال کو اس کالج جانا تھا، جہاں واپس آنے کا وعدہ اس نے کالج کے پرنسپل سے کبھی کیا تھا۔

جمال کے آئی.اے.ایس افسر بننے کی خبر ہر طرف پھیل چکی تھی لیکن جمال کو لوگ ابھی صرف نام سے جانتے تھے چہرے سے نہیں۔

صبح ہوتے ہی جمال کالج پہنچا، جیکسن ساتھ میں تھا۔ دونوں کو پرنسپل آفس میں بٹھایا گیا۔ اس وقت پرنسپل کانفرنس روم میں تھے۔

سکریٹری نے کالج کے پرنسپل کو اطلاع دی'' سر دو لوگ آپ سے ملنے کے خواہش مند ہیں''۔ پرنسپل نے سکریٹری سے کہا'' جاؤ دونوں کو یہیں لے آؤ''۔

جمال اور جیکسن دونوں کانفرنس روم کی طرف بڑھتے ہیں۔ چپراسی نے جیسے ہی کمرے کا دروازہ کھولا! جمال نے یوسف کو کھڑا پایا۔ اس وقت یوسف کا سر جھکا ہوا تھا۔ جمال کی خوشی کا ٹھکانا نہ رہا، اس نے تیز آواز میں اپنے چھوٹے بھائی کو پکارا۔ جیسے ہی یوسف نے سر اٹھایا، اپنے بڑے بھائی اور ایک فکر مند دوست کو کھڑا پایا۔ یکا یک اس نے ایک دمدار آواز میں پکارا'' بھائیجان'' اور دوڑ کر اپنے بھائی کے گلے سے لگ گیا۔ دونوں کی آنکھیں بھر آئیں۔ شاید یہ وہ لمحہ تھا جب اس کمرے میں موجود ہر کسی کی آنکھ نم تھی۔

اس وقت یوسف کی خوشی کا یہ عالم تھا کہ وہ رو بھی رہا تھا اور اپنے بھائی کا تعارف بھی کرا رہا تھا۔ یوسف نے بھائی کا ہاتھ پکڑا اور اپنی کرسی پر لے جا کر بیٹھا دیا اور خود کرسی کے برابر میں کھڑا ہو گیا بلکل ایک چھوٹے بھائی کی طرح۔

یوسف نے تعارف کرایا اور صرف ایک جملہ کہا۔

''یہ ہیں جمال ملک''

نام سنتے ہی کمرے میں موجود سارے لوگ کھڑے ہو گئے کیونکہ یوسف نے کالج کا پرنسپل بنتے ہی، کالج کے ہر فرد کو، گویا چپراسی سے لے کر ایک سینئیر ڈاکٹر تک، سب کو اپنے بھائی یعنی جمال ملک کے نام سے واقف کرا دیا تھا۔ اور پھر یوں بھی آج اس نام سے کون واقف نہیں تھا۔ کیونکہ جمال اب صرف جمال ملک نہیں تھا بلکہ وہ سلمان ملک کے باغ کا وہ گل تھا جسے فطرت نے اسی باغ کا باغباں بنا کر ملک کی خدمت اور نگہبانی کے لئے مقرر کر دیا ہے۔ اور اب جمال ملک جو گل بھی ہے اور باغباں بھی اپنی خوشبو سے سارے عالم کو معطر کرنے کے لئے تیار ہے۔

افسر بننے کے بعد یہ پہلہ موقع تھا جب جمال کو اتنی عزت ملی۔ کیونکہ اب تک لوگ صرف اس نام سے واقف تھے اور آج اس مجسمہ کو انسانی شکل میں دیکھ بھی لیا تھا۔ افسر بننے سے پہلے اس نام کو کون جانتا تھا، کوئی نہیں بلکہ جو اپنے تھے وہ بھی ساتھ چھوڑ گئے، اور شاید یہی زمانے کا تقاضا بھی ہے کہ جب تک انسان کوئی عہدہ اختیار نہیں کر لیتا تب تک اس کا نام گمنام وعدیوں میں گم رہتا ہے۔

جمال نے کہا'' یوسف! میں آج یہاں تمہارے کالج کے پرنسپل سے ملنے یہاں آیا ہوں''

''بھائیجان! یہ ناچیز ہی اب اس کالج کا پرنسپل ہے'' (اس نے زیرلب تبسم اپنے بھائی کو بتایا)

یہ سنتے ہی جمال نے گلے لگا کر یوسف کو مبارک دی اور اب وہ یہ بھی بھول چکا تھا کہ وہ یہاں کالج کے پرنسپل کو یہ بتانے آیا تھا کہ اس دن غلطی یوسف کی نہیں تھی۔

''جس کالج میں ایک لڑکی نے یوسف کی بے عزتی کی

تھی، آج اسی کالج کا پرنسپل ہے میرا بھائی۔ دراصل وہی لڑکی یوسف کی کامیابی کی وجہ بنی۔'' (جمال دل ہی دل میں سوچ رہا تھا)

جمال یوسف کو اپنے ساتھ نئے گھر لے گیا جہاں جیکسن پہلے سے ہی موجود تھا۔ اب وہ اپنا زیادہ وقت جمال کے گھر پر ہی گزارتا تھا۔ دراصل وہ چاہتا تھا کہ جمال کو یوسف کی کمی محسوس نہ ہو۔

ٹریننگ مکمل کرنے کے بعد جب جمال نے اپنا دفتر جوائن کیا تو سب سے پہلے اپنے جونیرس (Juniors) کو طلب کیا۔ جمال کے افسر بننے کے بعد یہ پہلا موقع تھا جس میں سب شامل ہوئے۔ امرتا شاہ بھی انہیں سب میں شامل تھیں۔ سب کا تعارف ہوا۔ بہت سارے مدوں پر بات ہوئی۔ اور آخر میں جمال نے سب کو ایک ہدایت دی۔

'' آج سے آپ سب لوگ اپنی پوری شدت
اور ایمانداری سے کام کریں گے۔
کم سے کم جب تک میں ہوں تب تک تو
ضرور۔''

اتنا کہہ کر جمال نے اپنا کوٹ اٹھایا، بائیں ہاتھ پر ڈالا اور چل دیا۔ امرتا شاہ نے اپنی زندگی میں پہلی بار ایسا دھاکڑ افسر دیکھا تھا۔ اس وقت وہ ایک افسر کی طرح نہیں بلکہ ایک لڑکی کی طرح سوچ رہی تھی جو ایک نوجوان سے متاثر ہو کر اپنا دل ہار بیٹھی تھی۔ وہ اٹھی، اٹھ کر جمال کے پیچھے دوڑی، اتنے میں جمال اپنی Ambassador میں سوار ہو چکا تھا۔ وہ اس کار کے آگے جا کر کھڑی ہو گئی۔ جمال نے اپنے بائیں ہاتھ کا شیشہ کھولا:

'' کیا ہوا مس! آپ اتنی حیران پریشان
کیوں ہیں۔ اور یہ کیا بدتمیزی ہے۔
آپ کار کے آگے کھڑی ہو گئیں حادثہ
ہو جاتا تو۔''

'' سر مجھے آپ سے کچھ بات کرنی ہے'' (امرتا شاہ گھبراہٹ میں صرف اتنا ہی کہہ پائی)

(''I am getting late,please leave'')

اتنا کہہ کر جمال کی کار چھومنتر ہو گئی)

اگلے دن امرتا شاہ نے ضد کر کے جمال کو اپنے آفس میں بلایا۔ اس نے بڑے احترام سے جمال کو اپنی کرسی پر بیٹھا دیا۔ ایک منٹ یوں ہی خاموشیوں میں گزر چکا تھا۔ جمال تو اپنی کرسی پر یوں ہی بیٹھا رہا لیکن امرتا اپنی انگلیوں کو ہاتھوں میں پھنسا کر ادھر ادھر ٹہل رہی تھی۔ کمرے میں دو لوگ تھے لیکن پھر بھی تنہا۔ آخر عاجز آ کر جمال نے سوال کر ہی لیا۔'' تم نے کیوں بلایا ہے مجھے یہاں ؟''۔ جواب نہیں ملنے پر جمال وہاں سے جانے لگا۔ امرتا نے زور سے جمال کا ہاتھ پکڑ کر اپنے روبرو کیا اور شرٹ کا کالر پکڑ کر اپنی طرف کھینچ لیا (دونوں کی سانسیں ایک دوسرے میں تقریباً مدغم ہو چکی تھیں) اور کہا۔

" I am mad for you "

جمال یوں ہی دونوں ہاتھوں کو اپنی جیب میں ڈالے کھڑا رہا۔ امرتا کی سانسیں پل پل تیز ہو رہی تھیں۔

"No,you are not mad but yes!
you are tinhorn" (جمال نے کہا)

جمال نے بڑے ادب سے اس کا ہاتھ ہٹایا اور واپس کرسی پر جا کر بیٹھ گیا۔ اس نے گھنٹی بجائی۔ گھنٹی کے بجنے پر امرتا شاہ کا سکریٹری حاضر ہوا۔ سکریٹری کو دیکھتے ہی جمال اپنی کرسی سے کھڑا ہو گیا۔ یہ انوار ملک تھا (جمال کے بڑے بھائی)۔'' بھائیجان آپ! آپ یہاں کیسے''

"Because! He is my جواب امرتا نے دیا۔
secretary"

دفعتاً دونوں بھائی ایک دوسرے کے گلے سے لگ گئے

اور بے تحاشا رونے لگے۔''بھائیجان! میں نے آپ کو کہاں کہاں نہیں ڈھونڈا، اور دیکھئے بابا کی سوچ نے ہمیں آخر آج ملا ہی دیا۔اب آپ کہیں نہیں جائینگے اورمیرے ساتھ گھر چلیں گے۔''

آپ دونوں بچھڑے ہوئے بھائی ہیں کیا؟ (امرتا شاہ نے جمال ملک سے پوچھا)

''جی! امرتا جی! ہم دونوں بھائی ہی ہیں اور یہ میرے بڑے بھائی ہیں۔دراصل ہم تین بھائی ہیں۔اب تیسرے درویش کی کہانی آپ کو کبھی اور سناؤں گا۔

جمال،امرتا شاہ کو جواب دیتے ہوئے انوار ملک کو اپنے ساتھ اپنے گھر لے گیا۔

سلمان ملک کے یہ تین بیٹے (جو بچھڑ چکے تھے) اور وہ تینتیس گز کا مکان (جو بکھر چکا تھا)،آج انوار ملک کے آنے سے وہ مکان اب صرف مکان نہیں بلکہ ایک شاندار مکان کی شکل اختیار کر چکا تھا۔اور یہ تینوں بھائی آج پھر ایک ساتھ،ایک ہی چھت کے نیچے،ایک جٹ ہو چکے ہیں۔

''مبارک ہو! بھائیجان''

''کس لئے''

''آج آپ نے بابا سے کیا ہوا وعدہ پورا کردیا''

''نہیں چھوٹے! میں نے کچھ نہیں کیا، میں نے تو صرف کوشش کی،اور رہی بات ہم بھائیوں کے ملنے بچھڑنے کی تو بات دراصل اتنی سی ہے کہ ہم بھائیوں میں محبت اتنی ہے کہ کوئی الگ ہونا ہی نہیں چاہتا۔لیکن حالات کچھ ایسے ہوئے کہ بکھر گئے اور دیکھو آج ہم سب پھر ساتھ ہیں۔ہاں اتنا ضرور ہے کہ ان حالات میں بھی میں نے اپنے برے وقت کو خود پر حاوی ہونے نہیں دیا اور ان اوقات کو اپنی طاقت بنا کر استعمال کیا۔''

''اپنے بابا سے افسر بننے کا وعدہ کیا تھا! وہ وعدہ ضرور پورا کیا ہے۔باقی تو سب میرے بابا کی محنت اور سوچ کا نتیجہ ہے۔''

(جیکسن اور جمال ملک گھر کے ایک کمرے میں بیٹھ کر گفتگو کر رہے تھے۔)

''بابا دیکھو! لوگ کہتے ہیں آپ ہمارے ساتھ نہیں، لیکن دیکھو نہ بابا آپ آج بھی اور ہمیشہ سے ہم سب کے درمیان زندہ ہیں۔آپ فلک کا وہ تارہ ہیں جو ہم سب کے دلوں میں تاعمر چمکتا رہے گا۔''

بھائی سے اجازت لے کر کچھ عرصے کے لئے یوسف ڈیپوٹیشن پر دبئی چلا گیا۔اسی دوران امرتا شاہ نے جمال ملک سے سب کے سامنے اپنی محبت کا اظہار کر دیا۔سب دیکھ رہے تھے،جمال بھی دیکھ رہا تھا ،اس کی نظروں کے سامنے یوسف کا معصوم چہرہ گھوم گیا۔اس نے انکار کرنا چاہا لیکن امرتا کی محبت کی شعاعوں سے اس کی آنکھیں چندھیا گیئں۔وہ جانتا تھا کہ سچی محبت کو ٹھکرانے کا نتیجہ کیا ہوتا ہے اور یہ بھی جانتا تھا کہ یک طرفہ محبت اپنے انجام تک نہیں پہنچتی۔اسے محسوس ہوا کہ امرتا سب کچھ چھوڑ کر کہیں گم ہو گئی ہے۔ایک خلا ہے۔وہ ہے،یوسف ہے اور امرتا ہے۔یوسف میرا بھائی اب خوش ہے۔امرتا کی خوشی کہیں غائب نہ ہو جائے اس لئے وہ انکار نہیں کر سکا اور امرتا شاہ کی محبت کو قبول کرتے ہوئے جمال نے اس کو پاس رکھی کرسی پر بیٹھا دیا۔

امرتا میں نے تم سے کہا تھا،کہ میں تمہیں تیسرے درویش کی کہانی سناؤں گا کبھی اور۔وہ پل یہی ہے۔تو سنو تیسرے درویش کی کہانی:

''کسی شہر میں تین بھائی رہتے تھے۔تینوں اپنے بابا کے شاہزادے تھے۔ان کے بابا کی آمدنی کم تھی لیکن ان کی ماں انہیں بہت پیار سے پیٹ بھر کھانا کھلاتی تھی۔سب ساتھ میں بے حد خوش رہتے تھے۔لیکن ایک دن ان تینوں کے سر کا تاج چھن گیا اور پاؤں کے نیچے سے زمین کھسک گئی۔سب کچھ اچانک بدل

گیا۔ بابا کا سایہ سر سے اٹھ جانے کے بعد حالات کا ایک ایسا سیلاب آیا کہ سب کچھ بکھر کر رہ گیا۔ جو چھوٹا سا ایک گھر تھا وہ بھی گیا، جیسے ان کے سر سے آسمان گیا۔ پھر کسی نہ کسی وجہ سے یہ تینوں بھائی جدا ہو گئے۔ ان میں جو سب سے چھوٹا بھائی تھا اس نے ایک دن ایک لڑکی کو دیکھا اور وہ اس کے چھوٹے سے دل میں گھر کر گئی۔ اس نے سامنے سے جا کر اپنی محبت کا اظہار کر دیا۔ وہ لڑکی ایک بہت بڑی افسر تھی لیکن اس کے افسر ہونے کی خبر تک اس لڑکے کو نہیں تھی۔ اس لئے اس نے اس چھوٹے بھائی کی محبت سے انکار کر دیا اور سب کے سامنے اس کو بے عزت کر دیا۔ تینوں بھائیوں میں جو سب سے بڑا بھائی تھا وہ اسی لڑکی کے ساتھ کام کرتا تھا لیکن حیثیت میں وہ اس لڑکی سے بہت چھوٹا آدمی تھا۔ کہیں نہ کہیں وہ بھی اس لڑکی سے محبت کرنے لگا تھا لیکن اپنی حیثیت دیکھتے ہوئے اس نے کبھی اس لڑکی سے کہا نہیں اور خاموش ہی رہا۔''

''تینوں بھائیوں میں منجھلا بھائی بہت ہوشیار تھا۔ محنت کرتے کرتے وہ ایک دن بہت بڑا افسر بن گیا۔ اب وہی لڑکی منجھلے بھائی کے انڈر میں کام کرتی ہے۔ وہ منجھلے بھائی پر اپنا دل ہار گئی اور اس نے سب کے سامنے اس سے اپنی محبت کا اظہار کر دیا۔ ایسا اس لئے ہوا کیونکہ وہ منجھلا بھائی اس لڑکی کی حیثیت کے برابر تھا بلکہ اس سے بھی اوپر تھا۔ منجھلے بھائی نے اس لڑکی کی محبت کی قدر کرتے ہوئے، اس کی محبت کو قبول کیا۔''

''تیسرا درویش یعنی سب سے چھوٹا بھائی عشق میں ناکام ہونے کے بعد اپنے بھائی کو چھوڑ کر گھر سے نہ جانے کہاں چلا گیا۔ وہ ٹوٹ چکا تھا، اس کی Feelings، اس کے جزبات، سب ریزہ ریزہ ہو چکا تھا۔ اس نے اپنے ٹوٹے بکھرے احساسات کو ایک بار پھر یکجا کیا اور اس بے عزتی کو اپنی طاقت بنا کر ایک بڑے عہدے پر فائز ہو گیا۔''

''محبت اس لڑکی کو بھی ہوئی اور محبت تیسرے درویش کو بھی ہوئی۔ لیکن ان دونوں کی محبت میں شاید بہت بڑا فرق تھا۔''

یہ تھی تیسرے درویش کی کہانی۔ ''امرتا''۔

جمال ملک امرتا شاہ کی کرسی کے چاروں طرف ٹہل ٹہل کر کہانی سنا رہا تھا۔ کہانی ختم ہو چکی تھی لیکن اس ہال میں ایک سناٹا سا چھا چکا تھا اور امرتا شاہ کی بڑی بڑی آنکھیں کھلی کی کھلی رہ گئی تھیں۔ جو کھڑا تھا وہ کھڑا ہی رہ گیا۔ جو بیٹھا تھا وہ بیٹھا رہ گیا۔

جمال ملک کی اس کہانی نے امرتا شاہ کو جھنجھوڑ کر رکھ دیا۔ اس کو ایسا محسوس ہوا جیسے جمال نے تیسرے درویش کی کہانی نہیں بلکہ خود میری ہی کہانی سنائی ہے۔

کچھ دن بعد جمال ملک اور امرتا شاہ ہمیشہ کے لئے ایک دوسرے کے ہو گئے۔ امرتا شاہ نے اپنی مرضی سے نام بدل کر ماہرہ رکھا اور اسی نام سے دونوں کا نکاح ہوا۔ جمال کی خواہش تھی کہ نکاح کے موقع پر یوسف دبئی سے آکر شرکت کرے لیکن کسی مجبوری کی وجہ سے وہ اپنے بھائی کے نکاح میں شامل نہیں ہو سکا۔

آج بھی ماہرہ ملک اس راز سے بے خبر ہے کہ وہ تیسرا درویش جمال ملک کا بھائی یوسف ملک ہی ہے۔ اور یوسف بھی یہ بات نہیں جانتا کہ اس کے بھائی جان کی شریک حیات ہی وہ لڑکی ہے جس نے اسے سارے کالج کے سامنے بے عزت کیا اور اس کی محبت کو ٹھکرا دیا تھا۔

ایسا لگتا ہے کہ جیسے یہ راز! راز ہی رہ جائے گا۔

آج بھی جمال ملک اور ماہرہ ملک جب اپنے گھر کے دالان میں پڑے جھولے میں بیٹھ کر چائے کی چسکیاں لیتے ہیں، تو ماہرہ کے اندر کی امرتا جاگ اٹھتی ہے اور اپنے شوہر سے آخر پوچھ ہی لیتی ہے:

''سنئے! اس تیسرے درویش کا نام کیا تھا؟''۔

☆☆